De la neige pour Suzanne

Clément Osé

De la neige pour Suzanne

Tana
éditions

À Mohamed

1

Il est un peu moins de quinze heures, le stop a bien marché. Je suis comme convenu à la sortie numéro neuf de cette autoroute déserte. Je remercie le dernier conducteur qui m'a pris à la station-service, je lui fais un coucou à travers la vitre et, après avoir enfilé mon sac à dos, je me dirige vers le péage, à quelques centaines de mètres. Il fait froid et sec, mes chaussures de randonnée mordent l'asphalte. De l'autre côté de la barrière, sur le zébra, une voiture attend. Deux personnes en sortent, je lève une main, elles me répondent. On balance le sac dans le coffre, et les politesses dans l'habitacle. Par la fenêtre j'aperçois les Pyrénées embrumées entre les arbres. Christine conduit la bagnole et la conversation. Elle est rude en dehors, sensible en dedans, affiche soixante balais au compteur et habite à la ferme depuis deux ans. Elle a demandé une disponibilité au service achat de La Poste pour tenter une autre vie, et elle ne se voit pas repasser derrière un guichet. Son avis sur les choses est tranché, et on est vite au courant. C'est oui ou c'est non.

Christine dit souvent « Ah nan mais, c'est un truc de dingue » quand elle raconte une histoire. On dirait que dans sa vie il ne se passe rien de banal, de normal, de moyen, comme si elle ne rencontrait que des cas extraordinaires qui tantôt la consternent, tantôt la subjuguent. À côté, Christophe, son chéri, renchérit machinalement, d'une voix douce et grave, sur les anecdotes de sa femme, qu'il semble bien connaître. C'est un bel homme, solide, avec de longs cheveux gris, une gueule comme sculptée dans la roche où résident deux yeux bleus comme le paradis. Il est passionné d'astronomie, et passe beaucoup de temps dans la lune. Christophe est tellement gentil et serviable qu'il discute avec les gens qui font du démarchage téléphonique. Il se ferait avoir si Christine n'était pas là pour raccrocher et l'engueuler, « Ah nan mais Christophe, c'est un truc de dingue ». Avant d'arriver à la ferme, il était chauffeur de poids lourd. Il transportait des matières dangereuses, dont il aime bien expliquer la composition et le conditionnement. Ses paluches savent tailler le bois et la pierre. Quand on arrive deux-trois collines plus loin, il me dit que je vais vite être dans le bain du collectif, parce qu'il y a une grosse réunion là, tout de suite. Ni lui ni Christine n'ont l'air impatients d'y assister.

L'assemblée a lieu au premier, sur le chantier, dans l'ancien grenier rehaussé d'un étage. Sous l'ossature de la nouvelle charpente, l'immense volume est inondé par la lumière intermittente du soleil de fin mars. J'imagine mal que cet endroit puisse devenir habitable. Après quelques mots de bienvenue au nouvel arrivant, la réunion commence par un tour de météo intérieure. Je lève un sourcil dubitatif. On m'explique que chacun doit dire avec quoi il arrive à la réunion, comment il se sent, sans trop s'étaler non plus : pimpant, mal dormi, mal au dos, euphorique, dévasté, normal… Je remarque qu'il est de bon ton, à la fin du bulletin, de balancer un petit sourire bienveillant, parfois un peu crispé par le manque de naturel de l'exercice, et de conclure par « J'ai dit ! », comme on dirait « terminé » à la fin d'une communication radio. Marc est secrétaire, c'est lui qui tape le compte rendu. Valérie, sa copine, « facilite » la réunion. Elle donne la parole et tient l'ordre du jour. Au menu : « grain poules, consommation eau, commande bois, temps, wifi, bois de chauffe, comptes voiture, vente à la ferme ». Valérie a la quarantaine, une intonation de prof de yoga. Elle navigue dans la nébuleuse écologiste du Sud-Ouest depuis une dizaine d'années. Elle est sophrologue à ses heures, et explique que son travail consiste à « prendre soin de l'humain ». Elle tient séance accroupie sur son coussin, dans un pull bigarré avec une longue capuche pointue. Valérie lève la main plus souvent que les autres pour rectifier, préciser, faire remarquer. Elle s'est installée il y a quelques mois à la ferme avec son fils, Noé, quatorze ans, perché sur deux échasses qui ont grandi plus vite que le reste. Il est fan de Lego, de gros engins mécaniques et d'agriculture productiviste. Vivant pleinement son adolescence, il rechigne, dénigre, courbe les épaules et manque ostensiblement d'enthousiasme pour tout ce qui a un rapport avec la ferme, qu'il trouve nulle. Il n'est pas ravi d'avoir atterri chez les écolos, mais il est de bonne composition dans le fond. Il ne va pas à l'école, et pratique l'auto-éducation avec plus ou moins d'assiduité.

Après avoir noté la date de la prochaine réunion dans son agenda, Marc me propose de faire la visite du lieu. La maison date du dix-huitième, et elle a été achetée en 2015.

– Côtés sud et ouest, tout est vitré, il y a une surface de captage solaire de cent mètres carrés. Tout le double vitrage a été récupéré. L'été, la chaleur produite par la serre bioclimatique du rez-de-chaussée est stockée dans les vieux murs en galet. Ils maintiennent la fraîcheur dans la maison l'été et restituent la chaleur l'hiver. On descend rarement en dessous de dix-huit degrés. Cette année, on a allumé le poêle une dizaine de fois, pas plus. Côtés nord et est, on a fait une isolation par l'extérieur.

Marc est assez grand, équipé de lunettes rondes qui grossissent légèrement ses yeux clairs et vifs. Il correspond à l'image que je me fais d'un Hollandais. Sa toison hésite entre le gris et le blond. Il a une polaire noire, un peu grande, avec une fermeture Éclair auto-cousue ouverte sur un tee-shirt noir fatigué, sur lequel je devine le mot « décroissance » tagué à la peinture blanche. Il tient une gourde noire en acier inoxydable. Son pantalon noir tient avec une chambre à air, de sa couleur préférée. Il fait dix degrés, mais il est pieds nus dans des sandales de bonne facture en fin de vie.

– Les trois panneaux qui sont devant, c'est l'installation solaire thermique pour l'eau. Ils chauffent un fluide caloporteur, le glycol, qui remonte par thermosiphon et circule dans un ballon d'eau isolé de huit cents litres au premier étage. C'est ce qu'on appelle un volume mort : on ne consomme pas l'eau du ballon, dont la seule fonction est de garder la chaleur. L'eau du puits qu'on utilise pour la douche se réchauffe en circulant elle aussi dans le ballon. Ici, on a une parabole de cuisson qui concentre le rayonnement solaire à l'endroit où on met une marmite, noire de préférence.

Marc est un des fondateurs de la ferme. Il est ingénieur mécanicien, et ne recule devant aucun défi technique. C'est un punk méthodique, un homme carré, concis, efficace. Il a monté une boîte d'informatique, l'a revendue et a investi dans la ferme. Son activité consiste à acheter des taudis, à les transformer en logements écologiques et à les louer. Il travaille du matin au soir, et n'est pas en manque de vacances parce qu'on ne peut pas manquer de quelque chose qu'on ne connaît pas. C'est lui qui a répondu à mon premier mail. À l'écrit, il a de l'humour, qu'il distille dans un style carré, concis, efficace.

Le jardin mesure neuf hectares, une information qui me laisse de marbre. Un hectare fait la taille d'un grand terrain de foot, soit dix mille mètres carrés, cent mètres par cent mètres. Le jardin fait donc neuf terrains de foot, mais je n'ai jamais beaucoup joué au foot. Neuf hectares, c'est neuf mille chambres de bonne, c'est grand. Pour aller jusqu'au bout du jardin depuis la maison, il faut marcher une vingtaine de minutes, traverser plusieurs prairies, longer un sous-bois et cheminer dans une haie touffue qui rappellerait l'Amazonie à des aventuriers nostalgiques. Il y a plein de grands arbres, de dénivellations, c'est truffé de recoins où on s'imaginerait vagabondant aux heures pensives ou construisant des cabanes perchées. Quand on se promène, on dévale ou on gravit, comme dans les montagnes qui couronnent la dernière colline les jours de beau temps. On voit un tiers de la chaîne de Pyrénées, de la Bigorre au Pays basque. Dans le vallon arboré du bas, il n'y a qu'une petite route défoncée, plus empruntée par les chevreuils que par les voitures. C'est le genre d'endroit où les têtes se lèvent quand un moteur résonne. Le clebs du voisin part au quart de tour. Il aboie à n'importe quel corps en mouvement pour le seul plaisir de se sentir chien et d'interrompre la morne routine des journées sans promenade. La route mène à un pont étroit et aux rambardes rouillées, qui enjambe une jolie petite rivière. Jolie, mais sans doute souillée par les pesticides épandus sur les monocultures de céréales qui dominent la géographie dès que la topographie leur laisse un peu de plat.

Ne reculant devant rien pour témoigner de ma bonne volonté, je suis promu homme pipi après avoir insisté pour rendre service. La mission consiste à arroser les arbres du verger avec le concentré d'azote récupéré au pied des toilettes sèches dans des bidons de vingt litres. Mohamed, qui vient d'arriver, se dévoue pour m'accompagner. Depuis quelques mois, il passe cinq jours par semaine à la ferme pour progresser en français et se familiariser avec la culture des fromages qui puent. Il est plutôt discret, mais les quelques souvenirs d'arabe qui me reviennent et le parfum de notre corvée brisent la glace. On sympathise. Nous sommes aussi étrangers l'un que l'autre à cette ferme et à ce coin de France. Au jardin, pour se donner du cœur à l'ouvrage, il écoute des tubes de pop éthiopienne ultra-rythmés ou fredonne des classiques soudanais pleins de nostalgie. Il est sec, athlétique, et son regard est à la fois perçant et doux. La nuit, il aime veiller tard et siroter une canette de boisson énergétique en regardant des séries turques à la con avec des scènes d'amour niaises et de la violence gratuite. Ça le fait marrer. Il dort dans la caravane de l'autre côté de la cour. Pour ma part, j'ai hérité de la grange au-dessus de l'atelier. Il y a quelques heures déjà que la température avoisine les cinq degrés. J'écoute le concert des grenouilles, des chouettes et du vent, blotti dans mon duvet sarcophage en plume de canard. À chaque expiration, un nuage de brume se dissipe dans le froid de la nuit. Je me repasse les images du jour en me disant « Pourquoi pas ? », glissant de l'enthousiasme vers un sommeil profond.

Hier encore, je m'endormais dans ma chambre d'enfant, au deuxième étage d'un pavillon de banlieue. Cette pièce était devenue le décor familier des périodes transitoires, ce filet de sécurité qui permet de lâcher prise et d'avoir une vie d'expériences parce que maman est là.

Ma mère et mon beau-père prenaient leur petit déjeuner vers neuf heures trente. Ils lisaient *Libération* et *Charlie Hebdo* en buvant du thé Mariage Frères. Ma mère préparait ensuite le repas du midi, quelque chose de frugal avec de bons produits. À la fin du repas, mon beau-père demandait à ma mère si elle voulait un café et elle répondait qu'elle prendrait bien un *lungo.* L'heure qui suivait, il faisait des sudokus sur son iPhone dans le fauteuil pendant qu'elle regardait des trucs sur son iPad en tirant sur sa cigarette électronique. Le soir, quand ils n'allaient pas au théâtre ou à la philharmonie, ils regardaient les infos sur Arte à dix-neuf heures quarante-cinq, suivies d'un film proposé par mon beau-père, qui avait épluché *Télérama.*

Le week-end, en général, je sortais. J'avais remarqué que mes potes m'invitaient de plus en plus souvent en invoquant des différences de revenus. Je leur racontais mes projets de sobriété, la possibilité d'un autre mode de vie, rural, heureux. Ils m'écoutaient déballer mon petit laïus, comme si je leur expliquais que l'amour entre les peuples était la solution au conflit israélo-palestinien. Je sentais qu'être accoudé au guéridon d'une terrasse à la mode entamait ma crédibilité de futur paysan. Les copains me donnaient l'impression de prêcher dans le vent. Si c'était aussi simple d'accéder au bonheur, il y aurait un véritable exode urbain, les gens ne sont pas fous.

Pour discuter, mes interlocuteurs m'opposaient des arguments réalistes. Ça commençait toujours par les finances, encore plus avec la génération de mes parents, ces enfants des Trente Glorieuses. Ce que j'avançais était bien beau, mais un peu naïf. Comment est-ce que j'allais gagner ma vie au pays du chômage et des commerces qui ferment ? Les quelques pistes que je balançais dans l'interrogatoire, assez éloignées du salariat à durée indéterminée, faisaient rarement mouche et entraînaient tout au plus des petits « ouais… » avec beaucoup de points de suspension. Si tant est que j'arrive à me débarrasser du problème central des chiffres sur le compte en banque, la deuxième réserve concernait un constat largement répandu : à la campagne, on se fait sacrément chier. Si beaucoup d'urbains apprécient d'y passer des week-ends, reste qu'il n'y a pas de musée, pas de cinéma, pas de commerces, pas de civilisation, ou pas la bonne. La dernière réserve, pas des moindres, était que, par le jeu d'une concentration démographique rurale plus faible, la campagne était le décor bucolique d'une misère sexuelle et sentimentale invraisemblable. J'étais prévenu.

Ces questions, forcément, j'y avais pensé avant eux. Un jour, me réinstallant derrière mon ordinateur au sortir de la salle de bains, où je venais d'accomplir de basses besognes de célibataire, je restai songeur devant les deux onglets de mon navigateur de recherche : « YouPorn – Busty Milf Threesome » et « Mouvement des colibris – Faire sa part ». La mise en scène grotesque d'un machisme imberbe et dégradant *versus* la sobriété heureuse, l'altermondialisme et la bienveillance de Pierre Rabhi. J'aurais presque donné raison à ceux qui prenaient ce penchant campagnard pour un fantasme de bobo hors sol en mal d'exotisme. La seule façon de prouver que changer de mode de vie est possible était de passer à l'acte. Cette intuition m'avait d'ailleurs été confirmée un matin où le ton était monté avec mon beau-père à cause d'une futile histoire de portemanteau. Trois décibels plus tard, il m'enjoignait de voler de mes propres ailes en m'affublant du qualificatif d'adolescent attardé. Ne pouvant trop rien dire parce qu'étant soumis à son mécénat pour subsister, j'avais interprété ce message comme un encouragement à redoubler d'efforts pour trouver un débouché géographique à mes convictions. J'avais donc trouvé un collectif, fixé une date de rencontre, acheté un billet.

On devait décoller à six heures quinze, et à six heures douze mon beau-père était dans la voiture, clé sur le contact. Il faisait nuit, il pleuvait. Entre deux passages des essuie-glaces, les enseignes lumineuses et les feux de circulation se brouillaient, peignant une nouvelle toile impressionniste. D'une petite voix, ma mère m'a demandé si j'avais bien pris mon billet de train. Sur le quai de la

gare de Disneyland, j'avais eu comme une sensation de vertige. Dans quelques crissements de rails, le train *low cost* n° 6548 allait m'expédier à trois cent cinquante kilomètres à l'heure vers une nouvelle vie avec d'illustres inconnus. Ce n'était pas irréversible, mais c'était mon seul plan. J'étais dans cet instant de lévitation du corps qui vient de sauter du plongeoir, à quelques dixièmes de secondes du bain de chlore. D'ailleurs, c'est peut-être cette sensation-là que je cherchais. Ce moment précaire.
« Mesdames et Messieurs, je suis Sophie, votre chef de bord, et Adama est votre responsable propreté. Au nom de l'équipage Ouigo, nous souhaitons la bienvenue aux voyageurs nous ayant rejoints en gare de Marne-la-Vallée-Chessy. Sur Ouigo, pas de poubelles individuelles, mais des poubelles collectives. »

2

Le village le plus proche de la ferme est mignon, sans plus. La rue principale est une départementale déguisée avec deux passages piétons et des trottoirs, déserts la plupart du temps. Les habitants sont deux cent vingt-neuf à s'endormir chaque soir dans la commune. Le maire est plus occupé par ses volailles que par ses administrés. La mairie, ouverte une après-midi par semaine, se distingue des autres maisons de la rue grâce à ses petits drapeaux, ses lettres en fer forgé et sa vieille boîte aux lettres. En 2018, le conseil municipal a voté l'installation d'un dos-d'âne et d'un radar pédagogique. Deux numéros après la mairie, il y a l'école primaire, son unique classe, son petit préau et sa courette depuis laquelle les mômes crient à chaque récréation que le village est encore vivant. Un peu plus loin, après l'église, toujours fermée, il y a le garage Peugeot. C'est le dernier commerce qui a survécu à la voiture et c'est aussi le refuge d'un des derniers salariés de la commune, Henri. Il connaît tout le monde et tout le monde le connaît, il rend service. Enfin, il y a le monument aux morts, seul monument d'ailleurs, avec ses quatre obus, son piédestal et sa Jeanne d'Arc de bronze vert, qui n'est pas franchement du coin, mais passons. Ici, on ne fait souvent que passer, à moins d'avoir une bonne raison de serrer le frein à main.

Voilà bientôt deux mois que mes raisons tiennent bon. Marc, Valérie et Noé sont partis en voyage à vélo. J'ai récupéré la chambre de Noé, sombre et humide, mais moins poussiéreuse que la grange. Mohamed a pris le deuxième lit. Chaque matin, mon sommeil glisse jusqu'à un réveil non violent, sans autre rendez-vous que celui du jour en train de poindre. Quand je sors pour aller pisser, la rosée a commencé son ascension et la cour sèche paisiblement. Je traverse la route sur laquelle paresse Guapa, la chienne de Valérie, et entreprends d'irriguer le champ du voisin. Alors que j'assiste ébahi au spectacle matinal de la géographie pyrénéenne, le soleil dépose ses rayons sur ma nuque, comme pour me dire que je suis sur la bonne voie.

Entre les murs bicentenaires de la salle à manger, le thé chauffe et les timides voix du matin émergent doucement du silence de la nuit. J'échange confiture et salamalecs bienveillants entre deux baptêmes de vapeur dans la chaleur de mon mug. Il y a toujours des gens plus ou moins nouveaux autour de la table. Nuria et Patricia sont en woofing, c'est-à-dire logées et nourries en échange d'un coup de main à la ferme. On rigole bien. Nuria passe ses journées à chanter, et quand elle ne chante pas c'est pour causer. C'est bien connu, les Espagnols parlent beaucoup et fort. C'est marrant. Je me demande ce qu'ils trouvent toujours à se raconter. Peut-être qu'ils sont plus curieux, plus sensibles au monde, ou alors qu'ils mettent plus de temps à exprimer leurs idées ou qu'ils radotent, j'en sais rien.

Le matin, je nourris l'ambition de vivre de photographie et d'écriture, ce qui se passe, malgré moi, souvent devant un écran ! L'heure du déjeuner coïncide généralement avec le moment de saturation où la station assise vire pénible. La délivrance, c'est la cloche, comme à l'école. Le cuisinier sonne quand c'est prêt et va aussi gueuler « À taaable ! » en direction du jardin. La plupart du temps, il n'y a qu'à mettre les pieds sous la table. Quand on s'inscrit pour la cuisine, on prépare le déjeuner, le dîner, et on doit aussi nourrir les poules, les chiens et le chat. Doc est un bon chat : indépendant sans être farouche, câlin mais pas collant, chasseur mais un peu trop distrait.

Le déjeuner est un répit mérité. Les jardiniers se débarbouillent, la terre diluée ruisselle dans le lavabo et les chaises se remplissent autour de la grande table en bois massif. Tout le monde mange deux fois plus qu'avant, et pourtant tout le monde a maigri. La pitance est bio, bien sûr. Une partie vient directement du jardin. Les recettes de cuisine, il faut laisser tomber. On fait avec ce qu'il y a, ce qui consiste à accommoder les restes et à faire du sauvetage de légumes en perdition. Quand

Christine remonte des serres, on a droit à la liste des urgences du jardin, des légumes qui n'en peuvent plus d'attendre dans les godets. Elle aime bien rappeler qu'elle ne vend pas ses salades très cher pour la taille qu'elles font : « Elles sont grosses comme ça, un truc de dingue ! Les clients, ils hallucinent. » À table souvent, on commente la dernière actualité politique scandaleuse qu'on a vu passer sur Facebook ou Reporterre, du type Hulot qui renonce à l'interdiction du glyphosate ou un manifestant éborgné par un tir de flash-ball. La conversation se termine invariablement par une déclaration d'amour collective à nos dirigeants.

Une fois le déjeuner englouti, on essaie tous les jours avec plus ou moins de réussite de contenir nos coups de barre avec une tasse de Yannoh, un ersatz de café pour écolos. Il m'arrive de m'installer devant la machine, aspiré par ses ronronnements humides. Avec des yeux de merlan ivre, je regarde couler les larmes de potion noire contre les parois. Ces instants de contemplation bovine attestent du salutaire ralentissement de ma vie. J'anticipe le plaisir simple du moment où la chaleur va me glisser dans le circuit digestif, et ça me fait mon quart d'heure.

L'après-midi, mes mains ont mille alternatives au clavier. Avant son départ, Marc m'a nommé responsable du chantier lambris : deux mois pour recouvrir deux cent cinquante mètres carrés de plafond en pente avec un pare-vapeur, des agrafes, du scotch, des planches de peuplier et je ne sais pas combien de milliers de vis. Alors souvent je recrute quelques bonnes âmes, j'enfile mon bleu de travail, je mets mon masque, mes gants, mes lunettes de protection, mon casque antibruit et je grimpe au pays de l'étage. Quand il fait beau, je chausse mon chapeau et me glisse dans mes bottes. Les prairies explosent de jaune, ma brouette disparaît dans les hautes herbes, c'est sacrément bucolique. Je prends des photos que je m'empresse de publier en montrant, fier comme un gosse, à quoi ressemble mon nouveau bureau, et je pense à l'endroit où mes potes les balaieront d'un doigt distrait sur leur fil d'actualités. Je révise les légumes à partir des feuilles qui dépassent, et on se fout amicalement de moi quand je demande confirmation.

Il y a deux nouveaux dans le jardin. Élodie et Valentin étaient passés en woofing pendant leur tour de France en camion aménagé. Ils veulent s'installer. Ils ont vingt-sept ans, ils aiment prendre l'apéro, faire la fête et rigoler. Je suis rassuré de voir la moyenne d'âge redescendre. Ils sont escortés par Kobi, un petit chien avec des yeux expressifs, un smoking de poils et une façon caractéristique de tortiller du cul la queue en trompette. Élodie et Valentin sont du Maine-et-Loire. Élodie avait un boulot dans le logement social, elle faisait des états des lieux pour un bailleur social. Valentin était ambulancier, ce qui consistait plus à accompagner des petits vieux et des patients réguliers à leurs consultations qu'à brûler les feux rouges avec un type en train de rendre l'âme à l'arrière de la fourgonnette. Quand il raconte les histoires du métier, je sens son empathie pour les patients. Bien qu'il ressemble à la version adolescente de Tintin, Valentin était batteur dans un groupe de death metal qui commençait à monter et qui s'appelait Défenestration. Il a installé sa batterie au-dessus de l'atelier et il joue des trucs le soir pour se détendre. Christophe dit qu'il envoie. À la ferme, Élodie construit des super-tableaux pour la salle de réunion, bosse avec moi sur le chantier et jardine. Quand Valentin part pour le champ, c'est chapeau de paille et chemise à carreaux. Il est moyennement crédible comme cow-boy, mais quand il revient le soir après avoir joué de la grelinette pendant des heures, il a beaucoup de charisme pour entraîner les autres à l'apéro. Ils sont francs, entiers, je les aime bien.

Chaque soir, j'assiste avec la même fascination au sempiternel spectacle des chiens : quand ils entendent le tintement des couverts sur les assiettes, Kobi et Guapa savent que c'est bientôt à eux, et leur rythme cardiaque s'emballe comme au premier baiser. Leur queue balaie la nuit comme un essuie-glace fou et des couinements d'impatience leur échappent. Tous les jours on leur sert les mêmes putains de croquettes desséchées, et tous les jours ils nettoient leur sainte gamelle en moins d'une minute avec une reconnaissance infinie et une passion inoxydable. Je me dis que les chiens ont un avantage sur leurs maîtres : ils ne souffrent pas de la routine, et cet atout compense sans nul doute l'absence de mains préhensiles ou de conscience poétique. Leur bonheur est profondément *accessible.*

Une fois que tout le monde est repu et que les poules sont enfermées, l'amicale du tabac à rouler se réunit sur le banc du coin fumeurs. Christine a de la compagnie depuis qu'Élodie et Valentin sont arrivés. Juste avant la ferme, ils étaient à la ZAD de Notre-Dame-des-Landes, au moment des expulsions. Élodie raconte qu'elle ne se sentait pas très bien, le stress, les grenades, les pluies de lacrymogènes, les robocops et leur carapace bleue, la violence d'État, l'hélico qui tourne H24, les alertes au milieu de la nuit pour aller défendre une barricade, le climat de guerre. Et en même temps, ils parlent de l'incroyable solidarité, de la débrouille, des gens et des messages de soutien qui affluaient de tous les coins du monde, du jour où le blindé de la gendarmerie s'est embourbé dans un fossé, du jour où ils ont envoyé de la peinture sur les flics, des cabanes qui se montaient en un jour et qui étaient rasées le lendemain. Des larmes, de l'euphorie des petites victoires d'une poignée de résistants qui tient tête à un État dont l'autorité s'enlise dans l'absurdité et l'injustice. Élodie et Valentin, pour moi, c'est des zadistes, des vrais, engagés dans une bataille plus grande que celle de leur propre vie.

La lutte contre l'aéroport de Notre-Dame-des-Landes, c'était le Larzac de notre génération, mais je n'y suis jamais allé. J'ai manqué le rendez-vous. J'y pensais, pourtant, mais tout de suite après je me disais que ce n'était pas pour moi d'aller là-bas, parce que je n'étais pas un punk à chien anarchiste. Je n'y suis pas allé parce qu'on m'a toujours parlé du juste milieu, conseillé la modération. La légalité est une limite qu'on ne franchit pas dans ma famille. La violence, c'est dangereux, dans le petit cocon de classe moyenne supérieure dans lequel j'ai poussé.

On pourrait considérer que mes parents ont mieux réussi que leurs parents : ils gagnent plus de blé et ils ont changé de catégorie socioprofessionnelle. Ma mère, fille d'un ouvrier du bâtiment et d'une couturière qui n'avaient pas mis un pied au collège, avait fini par devenir cadre au service des achats de Nestlé France après plus d'une vingtaine d'années de fidélité à la multinationale. Elle négociait du carton et du plastique pour faire des emballages de yaourts et de chocolats. Elle parlait peu de son travail. Au téléphone elle disait « Oh tu sais, comme d'habitude », et pourtant ma mère est quelqu'un qui raconte.

Mon père avait aussi commencé sa carrière dans l'objectif de financer ses vacances. Il avait atterri dans une formation en informatique, un secteur qui était à l'époque ce que le « digital » fut aux années 2010. Je n'ai jamais trop compris en quoi consistait son boulot de programmeur. Il travaillait dans le même genre de bâtiment de vitres et de béton que ma mère et tapait des chiffres jaunes sur des écrans noirs. Le seul truc dont il parlait était l'ambiance, les conneries qu'ils s'envoyaient entre collègues, tout ce qui tournait autour du travail mais pas le travail lui-même. Ça, c'était chiant. Mon père a toujours dit qu'il y a des moments où il faut savoir travailler et d'autres où il faut savoir déconner.

La seule chose dont je me souvienne, c'est leur sentiment à tous les deux que c'était mieux au début, quand ils ont commencé, parce qu'on leur foutait la paix. L'ambiance s'était progressivement dégradée, et mon père se marrait de moins en moins. Il avait un niveau de responsabilités que j'imagine comparable à celui de ma mère, mais il gagnait un peu plus parce qu'il avait une bite et que c'est comme ça en France. Après coup, je pense que leur ascension sociale était en partie un phénomène structurel, lié à la conjoncture, à la hausse généralisée du niveau de vie et à la tertiarisation de l'économie. Ils n'ont jamais eu la folie des grandeurs, ils voulaient juste avoir un salaire, une vie pas trop compliquée, confortable et sympa : se faire plaisir, se marrer.

Mon beau-père a monté plus de marches sociales. Né pendant la guerre et abandonné à la naissance à l'assistance publique, il avait été placé dans une famille aimante et modeste d'un immeuble de Romainville, une commune ouvrière de banlieue parisienne. Son père était chauffeur de bus et communiste, et sa mère, femme de ménage, puis femme au foyer et communiste. Il ne m'a jamais dit qu'il avait eu une enfance difficile, ni qu'il avait manqué d'amour ou de quoi ce soit, mais sa trajectoire a été tracée par le besoin d'une reconnaissance que lui avaient refusé ses parents biologiques aux premiers instants de sa vie. Le gamin en quête d'identité a cherché à devenir quelqu'un, et il n'a pas perdu de temps. Mariage à vingt et un ans, deux enfants. La priorité, c'était le travail, les promotions, la définition classique de la réussite. Il a escaladé l'organigramme sans vertige jusqu'à devenir directeur commercial de Nestlé France. Il sentait toujours bon, il était élégant, il emballait ses idées avec plein de mots très professionnels et, dans sa voiture de fonction, il y avait un téléphone, ce qui n'était pas rien au milieu des années 1990. C'est dans les couloirs de l'entreprise qu'il a rencontré ma mère. Ensemble, ils aiment écouter *Oblivion,* de Richard Galiano et Michel Portal, un jazz des entrailles, profond, puissant et mélancolique.

Le divorce de mes parents est le seul élément vaguement traumatique que j'ai eu à me mettre sous la dent de lait. Voir mon père un week-end sur deux, redouter les dimanches soir, me faire à l'idée que deux petits frères m'avaient à moitié piqué le statut de fils unique, avant de les aimer. J'ai grandi à l'abri du besoin, baigné dans des idées de gauche et un confort petit-bourgeois. Dans la voiture, on écoutait Mano Solo chanter la misère avec sa voix déchirante en roulant vers un restaurant étoilé avec trois couverts de chaque côté de l'assiette. On m'a emmené au théâtre aussi, en vacances, en voyage, j'ai vu des girafes et des Massaïs à huit ans, et j'ai survolé les tours jumelles de New York en hélicoptère quand j'étais en CM1. On contrôlait mes devoirs. Je n'étais pas autorisé à détruire la pelouse des parents de mon copain Adrien en imitant Zinedine Zidane tant qu'il restait des fautes dans mes cahiers. J'avais par conséquent de bonnes notes, et je n'ai jamais perdu la tête de classe. Cette paisible transmission de capital socioculturel ne m'offrait guère de prétexte à rébellion, et j'en souffrais beaucoup. Je consignais mes petits chagrins amoureux et amicaux sur des feuilles de brouillon que je barbouillais de ressentiment et de questions existentielles de petit mâle blanc privilégié en pleine croissance. Voilà comment j'ai commencé à écrire.

Après un film qui m'avait bouleversé, souvent parce que j'étais tombé amoureux de l'actrice principale, qui était surtout là pour ça d'ailleurs, je me jurais de devenir un grand homme, sans bien sûr savoir par quel moyen, ni pour quelle cause.

Je fantasmais pas mal. Après de timides débuts dans les pages sous-vêtements du catalogue de La Redoute avec mon copain Adrien, un autre m'avait fait découvrir l'Amérique, dont je planquais naïvement les magazines sous mon matelas. J'avançais sans trop de râteaux, de petits échecs en petits succès. À la fin du lycée, où j'avais découvert le grand amour, le mauvais shit et les dissertations, mes efforts pour décliner les invitations aux soirées et les Post-it au-dessus de mon bureau avaient été récompensés par de bonnes notes au bac. « C'est bien mon fils. »

Après un été de formatage de cerveau dans un institut hors de prix qui préparait au concours de Sciences Po, je me présentais à la tour infernale du centre des examens d'Arcueil : une quinzaine d'étages, une centaine de salles, plusieurs milliers de concurrents. J'en étais ressorti débarrassé de tout regret, content d'avoir tout donné, résigné à accepter le verdict négatif des correcteurs. La lettre d'admission avait été comme un costume trop grand, mais j'étais fier comme un gosse. À la rentrée, ma gloire estivale fut dissoute dans le flot de mille deux cents autres premiers de la classe. J'ai choisi mon camp entre les soirées étudiantes et la bibliothèque. J'étais sérieux, sans plus, milieu de peloton. C'est pendant mon année d'échange universitaire à Lima que j'ai mûri d'un coup. Plus privilégié que jamais, gringo libre comme l'air de l'Altiplano, j'ai troqué mon intérêt pour les sciences sociales contre une passion pour l'écriture, la photographie et le voyage.

Au terme de cinq années d'études, il était temps de me professionnaliser, parce qu'on ne peut pas passer sa vie à recycler des concepts vagues dans des mémoires de sociologie. J'avais écrit la même lettre de motivation que tout le monde, vantant les mêmes qualités et confessant « un certain perfectionnisme ». Par voie de conséquence, j'avais décroché le même stage que mes potes, qui me racontaient à peu près les mêmes journées : pas horribles, mais pas très bandantes non plus.

J'ai ressenti l'enfermement dès ma première semaine. Le matin, en enfilant ma chemise, mon pantalon en toile, mes pompes « correctes », comme dit ma mère, en m'asseyant à mon bureau, en allumant l'ordinateur et en empoignant la souris, j'avais l'impression de rentrer dans une baignoire de glu. Je développais une aversion préoccupante aux fauteuils à roulettes, aux mails qui se terminent par « Cordialement » et au bip des caisses du Monoprix. J'avais de plus en plus de problèmes compliqués et de moins en moins de plaisirs simples. Je moisissais dans le rôle de l'éternel stagiaire d'une structure dont l'utilité était difficilement démontrable en moins d'une minute. Le pire dans tout ça, c'est que c'était plutôt la belle vie. J'avais trouvé sans chômer une petite place dans l'économie, je m'y rendais à vélo, en traversant le Paris des cartes postales. J'étais à l'apogée de ma vie matérielle, sous-louant un appartement avec plusieurs fenêtres derrière une porte cochère à digicode. Je partageais ce cocon avec une fille géniale dont j'étais amoureux. Le week-end, par claustrophobie, on séchait les musées pour aller au terminus d'un train de grande banlieue et marcher dans la gadoue, fidèles à l'idée que n'importe quel animal a besoin d'un minimum d'espace pour ne pas devenir dingue.

On s'envolait plusieurs fois par an visiter l'espace Schengen, on était bien entourés, invités aux soirées. Mais quelque chose me laissait sur ma faim. Quand je rentrais tard la nuit, j'étais souvent imbibé de spleen.

Première explication, la plus probable d'ailleurs : c'était le mélange bière et mauvais rosé. Deuxième : je me rendais compte, dans ces grands moments de lucidité, affamé à trois heures du matin face à la lumière blafarde du frigo transformé en portail vers un autre monde, que je devais faire quelque chose de plus gratifiant de mon quotidien. C'est pour conjurer ce sentiment d'anesthésie générale que je me suis envolé pour la Mauritanie. Changer de climat, le réchauffer au passage.

3

Hassan, dix-huit ans, mâchouille un bâtonnet qui lui sert de brosse à dents et, réglé comme un métronome, guide le dromadaire à travers l'immensité minérale. Nous suivons le petit convoi, emballés dans nos chèches, enduits d'écran total, tentant de protéger notre cuir pâle d'employés de bureau des rougeurs écrevisse dont nous menace le soleil du Tagant. Mais nous rôtissons quand même, comme des toubabs. Le sable absorbe le bruit de nos pas. Le silence de l'air sec ne souffre pas même du vol d'un avion lointain.

Ksar el Barka n'est plus habité que par le sable depuis le milieu du siècle dernier. Les ruelles de pierre témoignent patiemment de l'époque révolue où la cité était une escale des routes caravanières de Mauritanie. Du haut de la dune, on distingue encore le lit de l'oued Blanc, qui épouse les reliefs de la montagne noire. L'oued est une rivière qui n'existe que durant les quelques jours qui suivent une pluie. À voir les palmeraies sur les rives et la taille de la cité, j'en déduis que l'eau devait couler plus souvent par le passé.

Nous sommes accueillis pour la soirée et la nuit sous la *khaïma,* la tente traditionnelle, d'une famille de nomades. Un couple de mon âge, entre vingt et trente, avec deux enfants, et déjà partiellement autonomes dans un désert. Sur leur natte, il y a quelques récipients, quelques coussins glissés avec hospitalité sous nos têtes ensablées, quelques couvertures, quelques sacs de blé, de riz, de sel et de sucre, pour le thé. On parle peu, parce que mon hassanya, le dialecte arabe local, peine à dépasser les politesses d'usage. Je comprends qu'ils habitent le désert du Tagant grâce à un troupeau de chèvres grignotant l'éparse végétation qui distingue le Sahel du Sahara. Enveloppés par l'obscurité et la chaleur de la nuit, nous écoutons le fils jouer la berceuse de la mousse avec la théière sortie des braises : verser le thé dans un verre, du verre dans un autre, du verre dans la théière, et dans le verre encore, à l'infini, jusqu'à ce que le ruissellement et le tintement des verres contre le plateau hypnotisent tout le monde.

La cité est dans notre dos humide, nous longeons l'oued asséché vers l'ouest. Hassan explique qu'avant, la plaine que nous traversons était couverte de cultures. Il suffisait de quelques averses par an pour faire pousser des oignons ou de l'ail. Mais aujourd'hui, cette plaine n'est plus traversée que par les nomades, parce que les averses se raréfient depuis les années 1970. De maigre récolte en maigre récolte, les paysans se sont résignés à quitter la vallée de l'oued Blanc et à abandonner Ksar el Barka. Où sont-ils allés ? À la nouvelle ville de Nbeika, desservie par la route depuis que le pays se développe, ou peut-être plus loin, agrandir les faubourgs de Nouakchott en plantant leur *khaïma* sur un bout de désert en train de devenir ville. Qu'ils aient été attirés par le mirage scintillant des lumières de la capitale ou contraints à l'exil, ces gens étaient des réfugiés climatiques. Je me demande combien ils étaient dans cette ville sortie du sable soixante ans plus tôt, et qui comptait déjà plus d'un million de citadins.

Cette après-midi, on ramasse le foin avec Mohamed. Il faut faire de gros tas et les transporter sur une autre parcelle avec les brouettes. On a mille mètres carrés à ratisser. Au tracteur, ça aurait été plié en deux heures. À la main, on en a pour deux après-midi. Je commence à m'y connaître, en pop éthiopienne. À force d'entendre les mêmes chansons, elles s'incrustent dans ma tête et je me surprends à les fredonner. Quand un hélicoptère passe, Mohamed me dit « Ah, les impôts ! » parce que je lui ai expliqué que c'est le contribuable qui paie ces machins à 29 millions d'euros qui s'envolent de la base militaire située à quinze kilomètres et passent au-dessus du potager une fois par jour. Mohamed téléphone à Abdallah, son coloc de Pau. J'essaie de reconnaître quelques mots d'arabe au vol. C'est un vrai moulin à paroles quand il discute avec un Soudanais. Un bon moyen de lancer la conversation, c'est de lui demander ce qui pousse au Soudan. Il me dit toujours, en dévissant la tête de nostalgie : « Là-bas il y a tout, frère, c'est très bon. » Il a le mal du pays.

Sous les pommettes, Mohamed porte deux cicatrices. Elles datent d'une garde à vue en 2015 au Soudan. Les policiers avaient été violents, au point qu'il s'était retrouvé à l'hôpital. Avec la complicité de son oncle et de l'infirmière, il avait fui à moto vers le Tchad pour échapper à la prison, ou pire. Il était soupçonné de participer à la rébellion pour avoir, quand il était pompiste, fait le plein d'une voiture supposée appartenir aux rebelles. En ville, Mohamed craignait les arrestations arbitraires, et au village, les attaques des miliciens soutenus par le gouvernement. Le jour de ses quinze ans, des cavaliers étaient arrivés au galop dans son village de Debis. Ils avaient commencé à voler le bétail, à saccager les maisons et à tirer sur les gens. Ils étaient arrivés à proximité de sa maison au moment où Mohamed revenait du champ, et il avait vu son père tomber sous les balles. Depuis, il ne fêtait plus son anniversaire.

On s'est arrêté un moment de ramasser le foin, on s'est assis dans l'herbe et Mohamed m'a prêté son téléphone. J'ai fait une recherche sur le Darfour et commencé à lire à voix haute la page Wikipédia. Par moments, il me disait « Ah voilà, c'est ça ». Plusieurs causes étaient évoquées dans l'article : différends interethniques, tensions pour les ressources fossiles, instabilité politique, problèmes de gouvernance, pression démographique. Ce qui semblait avoir mis le feu aux poudres était la sécheresse, qui avait entraîné des migrations de population vers le sud et exacerbé les rivalités pour l'accès à l'eau et à la terre. Le Darfour était le premier « conflit climatique » selon Ban Ki-moon, ancien secrétaire général des Nations unies.

C'est la coopération internationale qui finançait mon séjour en Mauritanie. J'habitais Nouakchott depuis un an et demi, dans la piste sans nom d'un quartier riche, baptisé « éternellement belle ». Il y faisait chaud, souvent humide, et le ciel était jaune de sable quand le vent se levait. En bas de chez nous, il y avait toujours Thiam, ou M'bodje, ou Diallo, qui s'ennuyait sur une chaise dans l'uniforme d'une société de gardiennage, au prétexte d'assurer la sécurité de ma colocataire et collègue, laquelle jouissait plus ou moins de ce privilège attaché à son poste. Il nous arrivait de monter sur le toit et de boire des bières bavaroises en regardant cette ville où l'alcool était interdit.

Ma fiche de poste parlait de développement, d'assistance technique, de bonne gouvernance, de démocratie et de transparence. J'étais en Mauritanie pour faire le bien, pour que la population puisse accéder plus rapidement au monde universellement désirable que nous avions créé au nord de la Méditerranée. J'étais « volontaire de solidarité internationale », en bas de cette grande et blanche famille d'expatriés qui vole au secours de l'enfant noir sous-alimenté des affiches de l'UNICEF. Je n'étais pas complètement naïf quant à l'altruisme des États de l'OCDE mais, comme tant d'autres sauveurs de monde sous contrat, je me disais que c'était l'occasion de jouer à Robin des Dunes avec les millions de l'aide au développement.

Il n'en fut rien, ou si peu. Moi qui rêvais de sable dans les cheveux et de sueur sur le front, je me retrouvais sous le climatiseur d'un des bureaux de la composante Décentralisation du programme Bonne Gouvernance de la Coopération allemande en Mauritanie, avec les mêmes chaussures qu'à Paris. Ce qui avait changé, c'était le paysage : au lieu de voir le casque de zinc d'un immeuble haussmannien par la fenêtre, je voyais le goudron bordé de sable d'une rue où passaient des vendeurs ambulants. J'étais le seul expatrié à venir à vélo. On dit « expatrié » pour désigner un étranger plein de privilèges dans un pays pauvre. Quand il s'agit d'un étranger pauvre et discriminé dans un pays riche, on dit « émigré ».

À la Coopération allemande, l'ambiance était bonne. Passé le portique de sécurité, Daouda, le responsable du bouton déverrouillant la porte, balançait toujours un petit mot qui faisait plaisir ou rigoler. Après avoir traversé les courettes aux jardins fleuris, je faisais le tour des bureaux de mon bâtiment. Tout le monde était globalement sympa, sauf quelques vieux mâles pervers et condescendants qui rappelaient le bon vieux temps des colonies. Je passais l'énorme majorité de mon temps à faire des paperasses et des réunions, à attendre que la directrice ouvre son parafeur et nous signe les documents autorisant l'embauche des consultants qui feraient, eux, des trucs vaguement concrets pour nous permettre de colorier en vert des cases de notre plan d'action.

Le but du boulot était de balancer de l'argent par les fenêtres de la manière la plus rigoureuse et la plus professionnelle possible. J'entends encore la directrice nous répéter avec son accent germanique qu'il fallait trouver des « impakts » pour rassurer les délégations qui venaient voir comment était dépensée l'oseille du contribuable allemand. En tout cas, avec leurs allers-retours en avion et leur train de vie indécent, les expatriés avaient un impact certain sur le réchauffement climatique qui touchait de plein fouet les pays du Sahel. Par ruissellement, une fois payés les salaires mirobolants, les consultants étrangers, les bagnoles, les chauffeurs et les séminaires internes, moins d'un tiers de l'argent annoncé pour les fameux programmes finissait dans l'économie mauritanienne. J'avais néanmoins le plaisir de recevoir sous mon petit climatiseur des gens qui venaient me remercier pour notre grande générosité parce qu'on avait payé les viennoiseries de l'atelier de restitution de l'étude machin chose.

Une fois encore, j'étais bon élève, parce que c'était plus simple et plus agréable que de faire la révolution contre tout le monde. Je faisais peu ou prou ce qu'on me demandait, et mes collègues étaient contents de mon travail. Tape dans le dos, barbecue, piscine.

J'en profitais pour inventer des missions hors les murs histoire de me promener et de faire des photos, sous prétexte de rendre visibles nos « impakts ». C'était comme ces trois minutes de liberté du gamin de CM1 autorisé par la maîtresse à quitter la classe pour aller faire pipi. Je partais alors avec Salek ou Boubacar, les chauffeurs, dans un des quatre-quatre blancs bien lavés, flambant neufs, qui permettent aux programmes de dépenser l'argent qu'il leur reste pour échapper aux réductions budgétaires. On roulait sur du goudron au milieu du néant le plus total, d'où surgissait parfois un hameau énigmatique fait de cinq cahutes en taule et d'une mosquée minuscule, puis on quittait la route pour la piste, traversant des coins de désert hors du temps où l'on apercevait parfois une famille de nomades depuis notre habitacle de plastique climatisé. Quand un quatre-quatre blanc débarque dans un village reculé, les enfants lui courent après. Quand un toubab en chemise en descend, on lui dit qu'il faudrait une ambulance et on lui parle des promesses du dernier Blanc passé par là. Ils n'ont rien à faire que je vienne prendre des photos des actions de la commune pour promouvoir la décentralisation, cet ajustement structurel imposé aux pays en voie de développement par le FMI et la Banque mondiale sous l'influence de sombres néolibéraux dénués d'éthique, comme Milton Friedman. Le pire, c'est que les gamins de l'école étaient aussi beaux que sur les affiches de l'UNICEF. Je les avais pris en photo. Le maître leur avait fait réciter l'alphabet pour me faire plaisir, et j'avais désespérément cherché un endroit où disparaître.

Ce bel élan de solidarité, que nous incarnions avec une empathie sincère, n'était pas gratuit. En échange des viennoiseries et du financement des spectacles de danse, la Mauritanie signait des accords de surpêche au profit de l'Union européenne, et le régime opérait un contrôle drastique des frontières pour faire barrière aux flux migratoires vers l'Europe. Au bureau, j'avais le sentiment de m'enfoncer chaque jour un peu plus dans les contradictions et la schizophrénie. La recette de cette endurance se trouvait ailleurs que dans mon épanouissement professionnel.

La capitale de la République islamique de Mauritanie est à l'image du pays : aride. Pas de bars, pas de cinémas, un musée national, peu de scènes, beaucoup d'interdits. La plage. Salek m'avait prévenu tout de suite : ici, les étrangers pleurent deux fois, en arrivant et en repartant. Transpirant sous ma moustiquaire, je n'ai pas pleuré la première nuit, mais je me suis demandé où je m'étais ensablé. Au bout de six mois à Nouakchott, j'avais le sentiment d'avoir fait le tour. Les journées se ressemblaient au bureau, les week-ends se ressemblaient à la plage, les mêmes chansons, les mêmes soirées. Alors, j'avais envisagé la fuite en avant et cherché un job en

Amérique du Sud. Sans succès. C'est à ce moment-là que j'étais rentré dans le vif du sujet Mauritanie.

Le désert que je traversais était aussi sentimental : des dunes, des lignes de dunes continuellement balayées par le vent et ponctuées de mirages éphémères, jusqu'à une énième soirée où, entre les chips et les enceintes, dans le nuage de fumée d'une cacophonie de zouk, elle apparaisse, enveloppée dans son *melahfa* bleu, détonnant au milieu du reste, qu'elle faisait disparaître d'un charme involontaire, discret et immense. Malgré le bruit et les conversations, je l'entendais respirer.

La suite m'était apparue comme une succession de miracles troublants. Une histoire de glace au spéculoos allumant notre complicité, une sortie dansante dans les dunes de Soukouk transformée en mission d'exfiltration nocturne, une façon commune de rire du monde, une étreinte électrique sous la moustiquaire de sa terrasse. Mon métronome s'était remis à battre la chamade, et je dormais peu. La nuit tombée, j'allais la chercher, entraîné par les mêmes quatorze pistes de la clé USB qui sonnaient l'heure de l'amour dans les vieux haut-parleurs de l'autoradio. La première chanson, c'était *Soul Bossa Nova,* de Quincy Jones. À un moment dans la soirée, on courrait dans le long couloir qui menait à ma chambre. Je la raccompagnais au milieu de la nuit. Je rentrais tard, seul au volant dans les rues silencieuses, épuisé et heureux comme un imbécile. Le lendemain, j'étais presque fier d'être une loque. La vie au bureau n'avait plus rien à voir, mon moral était invincible. Son irruption avait envoûté chaque grain de sable, redéfini la plage, le désert, les bagnoles, les week-ends, les clopes. Tout brillait. Nouakchott, c'était Venise. Le vide que j'avais ressenti s'était transformé en plénitude rugissante.

Quand on s'était rencontrés, elle veillait sa grand-mère mourante et menait une vie d'ascète, sortait peu, lisait, fumait. Avec le recul, je crois que cette passion puisait sa force dans le vide coïncidant de nos vies. Nous nous étions à ce point trouvés, parce que nous étions perdus. En tout cas, c'est ce que je me raconte quand je repense à cette histoire et que, comme tout un chacun, j'ai besoin de trouver un sens à ce que j'ai vécu. Un an plus tard, la première grande surface climatisée de Nouakchott voyait le jour là où nous dansions d'amour. Les dunes de Soukouk avaient été englouties par la ville, et notre histoire, engloutie par le temps. Je garde de cette période une certitude : le vide suscite la création, comme la page blanche appelle les mots.

Bien plus au nord, quelqu'un semblait avoir du mal à faire le vide de l'autre côté de l'écran du Skype. Sous l'emprise d'un vilain petit chef prêt à toutes les bassesses pour lécher des couilles de plus en plus hautes dans la hiérarchie, ma mère travaillait tard le soir et le week-end, prise dans l'étau du *lean management,* doctrine d'organisation en vogue pour déshumaniser l'entreprise sous couvert d'amélioration continue de la qualité et de la performance. Elle qui avait toujours fait le job qu'attendait la multinationale, elle se retrouvait à devoir rendre des comptes sur ses passages aux toilettes. Ayant franchi le seuil des cinquante-cinq ans, elle était tombée dans la catégorie « jetable », trop chère et moins corvéable qu'une stagiaire naïve. Un matin de février 2015, elle a eu des vertiges sur le parking, mais elle s'est ressaisie et a marché vers le bâtiment. Dans l'escalier, les troubles ont repris. Son cœur s'est emballé. Elle avait du mal à respirer, mais elle a attrapé la rampe pour gravir encore quelques marches, et puis ses jambes ont lâché, son corps ne lui répondait plus, ou plutôt lui a répondu stop. Elle a perdu connaissance et s'est effondrée dans les escaliers. Burn-out. Après plus de trente ans de travail, elle quittait sa boîte sur un fauteuil roulant. Nestlé avait brisé ma mère.

Je ne m'en suis rendu compte que plus tard, quand je l'ai revue. Ça me paraissait loin de mon expérience de bureau à moi, parce que j'étais plus susceptible de faire un bore-out qu'un burn-out. À la Coopération allemande, même si on nous faisait chier avec des formations sur des méthodes de travail prétendument innovantes, le rythme n'avait jamais été infernal. Arrivé à l'échéance de mon contrat, j'ai décidé que j'avais largement eu ma dose. J'aurais sans doute pu utiliser cette expérience « de terrain » dans une institution reconnue pour faire carrière dans le développement des pauvres et gagner plus de fric, mais j'ai pris ma prime de fin de mission et la porte.

À mon pot de départ, j'ai fait un discours, parce que c'est ce que font les gens dans les films américains et que c'est une occasion rare d'être écouté par un grand nombre de personnes. J'avais passé du temps à écrire le texte. Je rêvais de dénoncer avec éloquence toute l'hypocrisie et le néocolonialisme dont l'aide au développement était souillée. Je voulais susciter l'émoi et la prise de conscience. Mais, comme je ne souhaitais pas plomber l'ambiance – je ne me suis jamais senti à l'aise dans la confrontation –, j'avais mis de l'eau dans mon bissap, comme toujours. Ma feuille était pleine de nuances, de remerciements et de preuves d'affection auxquelles, finalement, il est difficile de déroger si on a un peu d'empathie. Mon militantisme s'est limité à quelques allusions qui me paraissaient fortes mais qui ont dû passer inaperçues, ce genre de critiques que tout le monde avait déjà entendu mille fois et qu'on évacuait d'un haussement de sourcils qui signifiait « je sais bien, mais que voulez-vous… ». J'avais plus de scrupules à quitter la Mauritanie que mon boulot, en fait. Je me sentais coupable de partir au bout de deux ans, comme tous ces expats venus picorer l'hospitalité du désert. Salek, le chauffeur, disait toujours pour me charrier : « Tu vas nous oublier ! » Mais non, faux : cinq ans plus tard, j'écris encore sur toi, *moudir*. Là où il avait raison, c'est que la deuxième fois, l'étranger a pleuré, recroquevillé dans un taxi-brousse qui filait vers le nord avec une brebis sur le toit un matin de mars 2016, laissant derrière lui une vie construite pendant deux ans.

Alors que j'approchais le « no man sand » du Sahara occidental, rien n'accrochait mon regard derrière la vitre poussiéreuse et tremblotante. Quelques centaines de mètres plus loin, je passerais la frontière entre le vide et le vide : drapeau vert, grillage, drapeau rouge. Je quittais la Mauritanie avec deux questions : où retrouver le vide créateur que j'avais découvert ici ? Quel métier choisir pour ne pas s'effondrer dans un escalier et apporter une juste contribution au monde ?

4

La frontière marocaine ressemble à un château gonflable en béton, et je dois ressembler à quelqu'un qui se demande ce qu'il va faire. Je traverse le Maroc, l'Espagne, la France, je retourne chez mes parents et puis après, chercher du taf, mais quoi ? Je prête mon stylo à un type dans la file de la douane, on commence à discuter. C'est surtout lui qui parle. Il ne faut pas vingt secondes pour capter qu'il est hyperactif et potentiellement fou. Il me dit qu'il a une caisse et qu'il remonte vers le nord, qu'il peut m'avancer, puis il disparaît.

Cinq minutes plus tard, je vois débarquer une énorme Buick américaine des années 1980 large comme un bus avec du sable sur le capot. Mon pote s'en extirpe : un mètre cinquante-cinq, enveloppé dans un ample boubou traditionnel sahraoui.

Dépêche-toi, je suis pressé.

J'hésite. J'embarque.

Les vingt-quatre heures que j'ai passées ensuite ont été comme une révélation : je me suis dit que les réponses à mes questions n'étaient pas là où je les attendais et que la meilleure chance que j'avais de les trouver était de sauter dans le vide.

Ça tombait bien, parce que je préférais partir me balader pour réfléchir sur mon travail plutôt que de rentrer à Paris pour travailler. Je pouvais me permettre de vagabonder un peu puisque j'atteignais le summum de la liberté de jeune mâle célibataire sans obligations, avec une famille en bonne santé, un petit pécule et un passeport français. Comme tant d'autres spécimens privilégiés de la génération Y, je succombais à l'appel du sac à dos.

Je suis resté quelques semaines à la case parents, le temps de faire mon sac. Je pensais partir neuf mois pour accoucher d'une réponse à mes questions existentielles. Comme je commençais à me dire qu'il y avait finalement peu de sens à détruire l'environnement au prétexte d'aller l'admirer, je m'étais résolu à arrêter le kérosène. Pour trouver du vide et de la beauté, la steppe mongole me paraissait être une bonne destination. Je dessinais l'itinéraire aller-retour en évitant les zones de guerre, les hivers polaires et les pays dont le niveau de vie compromettait mon endurance financière : Allemagne, Pologne, États baltes, Russie, Mongolie. Demi-tour. Chine, Asie centrale, Iran, Turquie, Balkans. Un matin d'avril, j'avais levé le pouce à l'entrée du pont qui relie Le Perreux-sur-Marne à Bry-sur-Marne, déployé un large sourire et foutu le camp.

Deux mois après le départ, j'entame un volontariat de trois semaines dans la campagne lettone proche de la ville de Madona. C'est assez plat : des forêts de conifères, des lacs, des myrtilles, de vieilles maisons en bois et les barres d'habitation grises des anciens kolkhozes soviétiques. Les gens sont un brin méfiants quand ils ne connaissent pas, mais dès qu'ils ont cinq minutes il paraît qu'ils se mettent à câliner les arbres et à cueillir des bouquets sauvages pour faire danser la vapeur des saunas. Je suis chez un couple avec deux enfants et soixante chèvres. Ils produisent de la tomme et habitent une jolie ferme en bois recouverte de peinture vive. Pour mériter ma pitance, je suis chargé de construire des tables et des bancs avec des palettes récupérées. Je passe mes journées dans la poussière, les essences de pin, les coups de marteau, les traits de crayon, le vacarme de la disqueuse.

À mon poste, j'oublie tout le reste. La seule chose qui compte dans ma vie, c'est de fabriquer des tables et des bancs. À la sueur de mon front, à la sciure de mes planches. J'oublie l'existence du monde extérieur, des semaines de cinq jours. On va au lac quand ça nous chante, mais le soir il faut traire les chèvres.

Mon séjour letton confirme un penchant pour les travaux manuels prenant sa source dans la nostalgie familiale d'un grand-père bricoleur, adorable, fantasmé. Je vois à quoi peut ressembler une vie de petit producteur de tommes de chèvre. Les gamins passent leur temps dehors à gambader. Le coin est tellement paisible qu'il faut prendre une bagnole pour aller chercher du pain. Mes hôtes fréquentent plus d'animaux que d'hommes. Ils doivent tuer les boucs et faire naître les cabris, donner la mort, donner la vie. Ils brossent des tommes à l'heure où d'autres vont au cinéma. Le soir, ils mangent les légumes du jardin, puis ils vont se coucher parce qu'ils sont claqués. Ils n'ont pas beaucoup d'argent pour faire autre chose que ce qu'ils font, et qu'ils ont sacrément intérêt à aimer.

Je me demande à quoi ressemblerait ma vie à moi si un jour, dans trois ans, un voyageur inconnu débarquait dans mon quotidien et prenait une photo. Qu'est-ce qu'on verrait dessus ? Des gens qui sourient ? Qui font quoi ? Dans quel genre d'endroit ? Les photos que j'avais prises des fromagers m'inspiraient, en tout cas.

Cette après-midi, je suis perché sur un échafaudage, en lévitation entre deux travées au milieu du grand volume à l'étage de la ferme. On pose le lambris, je travaille mon agilité, je domine mon vertige. Sur la largeur entre les deux arbalétriers de chaque travée, il faut agrafer le pare-vapeur qui protège la laine de bois de l'humidité, scotcher les jonctions, mesurer le premier tronçon de lambris entre la panne sablière et les pannes intermédiaires, puis les tronçons suivants jusqu'à la panne faîtière et donner les mesures à Élodie, qui est à la scie, en bas.

– Première, 187. Deuxième, 102. Troisième, 111.

– OK, je te fais ça !

Réceptionner les planches lambrissées et vérifier le sens du biseau, les visser dans les pannes avec Mohamed, prendre les mesures pour les planches suivantes, recommencer. Chaque travée mesure environ deux mètres cinquante de large et comprend deux pentes de quatre mètres de long. Les planches de lambris sont larges de douze centimètres en moyenne. Il faut donc une quarantaine de rangées de planches par travée à raison de trois planches par rangée, soit environ cent vingt planches par travée. Il y a neuf travées et une sous-pente de dix-sept mètres de long sur quatre de large, c'est-à-dire plus de mille deux cents planches à couper. Si, en moyenne, on compte trois vis par planche, cela fait plus de trois mille six cents vis à fixer dans une panne ou un chevron. Je m'évade dans les chiffres. J'essaie de visualiser, je fais corps avec le chantier. Je suis un cosmonaute, ma respiration résonne dans le masque à filtre qui me recouvre le nez et la bouche, les lunettes de protection voilent ma vue, je me contorsionne dans la poussière pour atteindre des points de vissage difficiles. Dans un cri strident, inégalement atténué par le casque, la scie radiale tranche les fibres de peuplier, libérant les parfums du bois. On abat le boulot avec Élodie et Mohamed dans un état second, concentrés et fiers de voir ce plafond qui se recouvre jour après jour, et notre plate-forme qui se déplace de travée en travée comme un tapis volant. C'est le genre de job qui repose : ce n'est pas sorcier à comprendre et on voit tout de suite si on avance, si on bosse bien.

Je retrouve mes sensations lettones : toutes mes pensées sont braquées sur la réalisation d'une tâche techniquement complexe mais intellectuellement simple. Pour l'esprit, c'est vidange gratuite. Le travail manuel a l'effet inverse d'une réunion ou d'un ordinateur : il libère mon cerveau au lieu de le saturer.

– Première, 56. Deuxième, 122. Troisième, 222.

Je goûte quotidiennement au plaisir que connaissent les mômes qui ont grandi dans une valise de Lego : faire soi-même. Être porté par un plancher qu'on a posé, s'asseoir sur un fauteuil qu'on a construit ou caresser une arête de bois encore tiède d'avoir été poncée sont des sources intarissables de réalisation personnelle. La ferme n'est pas juste une ferme, c'est la matérialisation d'un rêve.

– Première, 186. Deuxième, 144. Troisième, 70.

– OK !

J'aime bien ce chantier. Un chantier, c'est une promesse, le moment où l'on peut meubler l'espace d'imagination. Dans une pièce vide, tout rentre, on mettrait un piano à queue dans une cabine de douche. Sur un chantier, on aménage son avenir. Qu'est-ce que je ferai dans cette pièce quand elle existera ? Avec qui est-ce je me coucherai dans cette chambre ? Et dans le fauteuil que j'installerai près de cette fenêtre, est-ce que j'aurai enfin le temps de lire les livres qui m'attendent ? Ma vie sera différente, tout va changer, je vais me payer un sacré paquet de bonheur.

– Première, 220. Deuxième, 114. Troisième, 66.

À la ferme comme ailleurs, tout un chacun a des baisses de régime, des jours sans et des contrariétés, mais une chose me réconforte illico : ici, j'aurai beau déprimer, ce sera avec une faible empreinte carbone. La cohérence nouvelle entre mon mode de vie et mes convictions me flanque une espèce de sérénité qui rend les petits tracas du quotidien assez insignifiants. La décroissance version ferme collective est comme un week-end infini, productif, à accomplir sans compter tout un tas de bricoles épanouissantes et nécessaires. Jour après jour, je gomme la frontière que j'avais érigée entre loisirs et travail.

– Première, 56. Deuxième, 200. Troisième, 144.

Le boulot à la ferme ne génère pas un traître centime, il est rémunéré en dépenses évitées : légumes, miel, pain, chauffage, plomberie, électricité, maçonnerie ou menuiserie. Bien sûr, il faut encore acheter des matériaux de construction, de la farine, des céréales, de l'huile d'olive, un petit peu de pétrole, de gaz, de technologie, d'internet, mais je n'ai jamais connu un tel degré d'autonomie. Souvent, ça tient à pas grand-chose. Pour économiser de l'énergie en cuisine, il y a la marmite norvégienne, une simple caisse tapissée de coussins en laine de mouton où les cocottes continuent leur cuisson pendant des heures grâce à l'isolation. Je suis sûr que cette innovation ferait pâlir toutes les start-up de la French Tech.

– Première, 116. Deuxième, 208. Troisième, 76.

Même quand je paierai le loyer de ma chambre, la vie ici ne me coûtera pas plus d'un demi-SMIC par mois. Le loyer sert à financer les travaux et les investissements. Nous mettons trente euros par semaine dans une caisse pour les repas. Ils servent à acheter les semences pour le jardin et ce qui n'y pousse pas. Une fois tous les six mois, un camion s'arrête devant chez nous, décharge une palette pleine de sacs de pâtes, de riz, de semoule et de produits secs en sacs de vingt-cinq kilos. On dirait de l'aide humanitaire.

– Première, 204. Deuxième, 56. Troisième, 140.

Nous vivons sous le seuil de pauvreté, et pourtant nous mangeons bio à tous les repas et nous habiterons bientôt une maison bioclimatique avec un domaine de plusieurs hectares. Ma vie n'a jamais été aussi luxueuse que depuis que je suis pauvre.

– Première, 88. Deuxième, 124. Troisième, 188.

Si j'ai besoin de moins de sous pour vivre, j'ai moins besoin de travailler à en gagner, donc je suis plus libre de choisir mon travail puisque la rémunération importe moins. Or j'ai observé que les métiers que je trouvais les plus sensés étaient rarement les mieux rémunérés.

– Première, 109. Deuxième, 136. Troisième, 155.

Le travail devient automatique : donner les mesures, réceptionner, poser, visser, donner les mesures, réceptionner, poser, visser, j'entre en transe. Mon inconscient s'installe dans le cockpit cérébral et touche à tous les boutons. Les idées surgissent, sans filtres, les souvenirs repassent, je ressasse. La répétition métronomique des gestes me renvoie au bruit que font les roues du Transsibérien sur les jonctions des rails. *Tacatac tacatac tacatac tacatac*... Bientôt, la steppe mongole apparaît, le vert d'une plaine interminable tachetée de reliefs poncés par le temps.

Je me souviens du matin à Jargalant, non complètement remis d'une longue nuit de minibus sous la Voie lactée. Ce petit village est le point de départ d'une jonction pédestre d'une bonne centaine de kilomètres pour atteindre une route sur laquelle j'espère trouver une voiture et continuer vers l'ouest. J'ai fait des provisions pour quatre jours, noté les rations et prévu de longer une rivière pour avoir de l'eau.

Le vert et l'orange vifs accrochés aux arbres d'automne contrastent avec le bleu profond des torrents. La steppe clignote au gré des nuages. En réponse à un coucou en direction d'une yourte, un homme m'adresse de grands gestes d'invitation. Il y a une rivière entre lui et moi, et je tente par des gestes confus d'expliquer que ce sera pour une prochaine fois. Le gars rentre dans sa yourte puis en ressort, des bottes à la main. Une à une, il les catapulte sur ma rive. Le thé au lait est délicieux et on rigole bien sous la lucarne céleste. Après avoir réexpédié les bottes, je dois poliment décliner les autres invitations, parce que je n'ai pas beaucoup avancé sur l'itinéraire.

Je m'engage dans une vallée qui ressemble à un raccourci. Après quelques centaines de mètres, mes pieds s'enfoncent dans un marécage. Je garde le cap, tant pis. Ma progression est lente. La vase laisse place à un coquet dénivelé qui alterne sous-bois griffus et pierriers instables. Je lutte avec les dix-huit kilos de mon sac. À la moitié de l'interminable ascension, j'entends des hurlements et des bruits de feuillages qui se rapprochent. On m'a parlé de loups au village. Je pose mon sac, saisis des pierres, un bâton, et fixe l'endroit d'où proviennent les bruits pendant que quelques frissons remontent le long de ma nuque. Les hurlements se rapprochent. J'aperçois les premières feuilles bouger, je serre la pierre dans ma main droite. La bête apparaît enfin dans mon champ de vision. C'est un jeune nomade qui ramasse des pommes de pin et qui crie pour que son ami puisse le suivre dans la descente. Il est presque aussi surpris que moi. On échange un bonjour, et il se remet à dévaler.

Quelques dizaines de mètres plus haut, je retrouve le soleil qui se planquait derrière la montagne d'en face. Dernières lueurs. L'espoir me hisse jusqu'au plateau que je visais et que j'atteins à bout de forces, avec juste assez d'énergie pour planter ma tente au milieu des cailloux. Je m'y glisse, faible et frigorifié. Je rentre dans mon duvet, j'éteins ma frontale. Le vent souffle. Je me mets à penser aux trois petits cochons, au Chaperon rouge et à toutes ces histoires sur le grand méchant loup. Mon imagination tourne à plein régime. La peur envahit progressivement la tente. Je soupçonne chaque coup de vent sur la toile d'être le pas d'un prédateur qui rôde. Je garde mon couteau suisse à portée de main, même si je suis conscient que je suis saucissonné dans mon duvet et sans aucune visibilité, et donc que mes chances de gagner le combat sont limitées. Je décide de me lancer dans la rédaction d'un testament, au cas où. Ayant écrit le principal, je me rends compte que les montées d'adrénaline ont fini par réchauffer mon duvet et je me résous à mourir dans mon sommeil.

Quand je me réveille le lendemain, en vie, sous un soleil rassurant, quand j'allume du feu pour me faire un café et avale mes petits gâteaux dégueulasses rendus délicieux par les circonstances, je suis au paradis. Je suis le gosse qui n'a plus peur du noir. Ma relation à la nature a franchi un cap. D'étrangère dangereuse, elle est devenue bienveillante partenaire d'aventure.

En descendant de ma montagne mongole vers un lac magnifique, avec du soleil et de l'air frais plein les joues, je me dis que j'ai tout ce qu'il me faut dans cette vie. Je porte le strict nécessaire dans mon dos, j'ai toute cette beauté pour moi et plus besoin de rien.

Ce n'est que moyennement vrai, en réalité, car le premier truc que je fais une fois arrivé à destination, c'est de dépenser de l'argent dans un supermarché pour m'alimenter. Je commence néanmoins à envisager comment mes arrière-ancêtres, avec leurs sous-vêtements en cuir de mammouth, ont réussi à mener une existence assez sereine pour que je sois là. Un grand nombre de biens matériels m'apparaissent inutiles au bonheur des singes.

Je me dis aussi que c'est quand même fou de devoir aller au fin fond de la Mongolie pour se rendre compte de ça. J'aurais peut-être eu la même révélation en campant quelques nuits tout seul à trente kilomètres de chez mes parents… mais les gens qui en ont le luxe sont convaincus qu'ils ont besoin d'aller marcher seuls dans la steppe lointaine pour réfléchir à leur vie. Ils font de grands détours pour avancer.

Quatre mois plus tard, après avoir traversé la Chine et l'Asie centrale, mon détour du monde me mène dans le détroit d'Ormuz, au sud de l'Iran. C'est une chaude après-midi de février, dans la voiture de Maysam, fenêtres ouvertes sur les lignes droites de l'île de Qeshm. Mes projets de visites touristiques ont avorté les uns après les autres, mais je m'en tape. Tout ce qui compte, c'est de rouler avec mon pote, d'écouter l'autoradio qui joue la BO de *Pina* et de voir son sympathique con de chien avec sa langue pendante et ses érections impromptues sur la banquette arrière. Faut pas trop chercher ; parfois, le bonheur, c'est pas si compliqué. Je ne le reverrai sûrement jamais. J'ai aimé les quelques dizaines d'heures passées avec ce gars, les silences, les pétards, le feu de camp dans la nuit sur la plage de l'île Hengam, la guimbarde, ce qu'il m'a raconté et aussi les trucs qu'il ne m'a pas dits et que j'ai pu imaginer. Quand il me dépose au bateau, mon cœur balance entre une nostalgie précoce et la reconnaissance.

L'île d'Ormuz est plus petite encore. À quai, pulsion de solitude sauvage, je m'éloigne du village et progresse dans l'air lourd du crépuscule humide jusqu'à une plage de sable noir. Je veux camper encore et me réveiller face à la mer comme un animal. Le lendemain, je marche toujours, dans un paysage psychédélique. Montagnes bleues, terre jaune, puis rouge, déchirée par des dents de sel qui mordent le sol. Il a plu la veille, un ruisseau s'est formé au milieu de la vallée. Je m'asperge, et me voilà couvert de sel. Ce n'était pas de l'eau douce. Mais dans le fond, j'aime cette sensation de m'être enduit de paysage, de faire corps avec le décor. Il fait chaud et j'en bave. Je trouve un coin d'ombre où reposer mes muscles et je fais glisser mes doigts sur les courbes des galets pendant que mes pensées s'enchaînent sans aucune logique.

Dans une nouvelle vallée de sel et d'ocre, la mort m'attend. Un cervidé, inerte, gisant au milieu du chemin sans une blessure. La vie vient de quitter ce corps encore immaculé, qui paraît juste endormi. La mort est dans la raideur et dans l'œil. Je me dis qu'il est mort de soif, du manque d'eau, du réchauffement climatique, de l'activité humaine. Les hypothèses s'enchaînent sans vérification possible tandis qu'une tristesse immense me gagne. Je me sens responsable au nom d'une espèce qui en assassine d'autres. Je ne peux pas abandonner ce corps au soleil et aux mouches, alors je me mets à creuser à mains nues à côté de la piste. Pendant deux heures, je creuse à m'en flinguer les ongles. Ça ne sert à rien, mais je creuse, j'ai besoin de faire quelque chose, d'accomplir un rituel. Je m'adresse à l'esprit du cervidé, à l'esprit de la nature tout entière, même si je sais que c'est absurde. Je m'en fous. Le soleil cogne sur ma caboche. Je demande pardon, j'enterre le corps, je le recouvre, j'implore, je prie, je bénis, je ne sais pas ce que je trafique, mais j'y mets la meilleure intention du monde.

Je termine la journée quelques kilomètres plus loin, à Mofaneqh, haut lieu de manifestations surnaturelles dont Ormuz a le secret. Je salue les monuments minéraux et je saute à l'eau, je sors, je sèche aussi sec. Avant de monter sur le bateau pour le continent, un type désagréable déguisé en uniforme met un terme à l'insulaire insouciance dans laquelle je baignais depuis une bonne semaine. Il m'ordonne de changer mon maillot de bain pour un jean : c'est la loi.

Je n'attends rien de spécial de la ville portuaire de Bandar Abbas, à part un tampon du service de l'immigration pour prolonger d'un mois mon idylle iranienne. Au magasin de photocopies, je tombe sur Mohammed Amin, curieux, speed et francophone. On discute et on mange un bout entre deux imprimantes. Il me propose de prendre une douche. Dans d'autres circonstances, j'aurais suspecté l'entourloupe, mais je sens que la proposition est pleine de sincérité. Mon interlocuteur a détecté un léger besoin d'hygiène, il propose un peu d'aide, voilà tout. À quelques rues du magasin, je débarque plein de gratitude et de timidité chez la mère de son pote Emad, qui me conduit vers la salle de bains de service, dans la cour. Concours de politesses. Mon cœur tambourine, il y a longtemps que je n'ai pas fréquenté ce genre d'endroit. Sur un énième remerciement, je ferme la porte. Quand je me retourne, je tombe sur un vieux miroir fatigué où mon reflet apparaît entre les taches. Je ne sais pas trop ce qui, de la saleté ou du bronzage, m'a fait changer de couleur, mais ça y est, je tiens une bonne tronche d'aventurier. Je tourne le robinet. Miracle, l'eau douce jaillit. Alors que les premières gouttes dégoulinent sur mon visage en emportant le sel et la terre, j'entends Alain Souchon entamer le premier couplet de *Foule sentimentale*. Emad a installé son enceinte devant la porte de la salle de bains et passe sa playlist de chansons françaises pour que je me sente chez moi. Je ne savais pas qu'il pouvait y avoir autant de tendresse et d'hospitalité dans un morceau de varioche. Au premier refrain, des larmes de joie se mélangent à la pluie d'eau douce.

Je retraverse l'Iran pendant un mois de paradis, et passe le mois suivant en Turquie. Après deux semaines d'émotions bulgares, j'entre avec un ami en Roumanie, à Bucarest. Je reste quelques jours chez lui et je prends un train pour la petite ville de Braşov. À la gare, je monte dans le bus 34 *bis*. La ligne 34 *bis* suit un itinéraire sans aucun rapport avec celui de la ligne 34, qui devait me conduire dans le charmant petit centre de Braşov. Elle me balade, me dévie, je dérive, je fais traîner. Je ne voyage plus, j'erre. On passe devant une église, et tout le bus s'interrompt au même moment pour faire le signe de croix. Après Braşov, je comptais faire du stop, gagner la campagne, encore, me livrer au hasard et aux inconnus, marcher à la rencontre, répéter la formule, mais il n'y a plus autant de suspense. Je pense déjà savoir ce qu'on se dira et ce qu'on ne pourra pas se dire avec ces inconnus. Je connais le goût des pâtes réchauffées sur le feu de bois et celui des gâteaux secs. J'ai eu assez de belles démonstrations d'hospitalité pour savoir que, maintenant, je veux rendre la pareille, passer de l'autre côté de la porte et l'ouvrir en grand. Il me tarde.

Je descends du bus, je trouve un parc et un banc, et je m'assieds parmi les vieux venus fêter leur vieillesse dans la contemplation de ce que les gens pressés ne regardent plus. J'en prends de la graine. Je me réjouis du simple fait d'exister, de pouvoir prendre le soleil et le temps, avec ce sentiment que ça y est, voyage accompli, parce que je rentrerai avec plus que ce que j'étais parti chercher. Onze mois plus tard, la réflexion sur le travail s'est transformée en réflexion sur le mode de vie tout entier. J'ai compris ce qui était important et ce qui ne me manquerait pas. Mes réglages sont faits, mes curseurs sont placés. Si j'étais face à la conseillère d'orientation, je lui dirais que, plus tard, je voudrais sentir l'odeur de la sciure, avoir des courbatures et de la terre dans les lignes de la main, construire un refuge de temps et d'espace pour accueillir et créer.

Il est l'heure de rentrer de la plus longue fête de ma vie, de foncer vers l'ouest. À la gare de Braşov, je saute dans le train de nuit pour Budapest, où je prends un bain sous la voûte de Kiraly, et je remonte dans un bus où je vois défiler l'Europe et sa nuit par la fenêtre jusqu'à être réveillé par la sonnerie des portes automatiques de la station Porte Maillot de la ligne 1 du métro parisien, qui n'a pas changé. Avec le même accoutrement que j'ai baladé dans les steppes mongoles, chinoises et kirghizes, je monte dans le RER, puis je fais une dernière marche jusqu'au portail de chez mes parents. Je voulais leur faire la surprise, mais quand je sonne il n'y a personne. Je demande les clés aux voisins et j'ouvre la porte, qui fait toujours le même bruit. Je pose mon sac, défais mes lacets, je monte dans ma chambre d'enfant et je regarde ce lieu où j'ai grandi et qui m'a attendu patiemment.

Je me suis délecté de sédentarité retrouvée, j'ai pris des nouvelles et raconté une partie infinitésimale de ce que j'avais vécu à une quantité infinie de personnes connues et aimées. Le plaisir de savoir où je dormirai et celui d'être à l'abri et de profiter du restaurant maternel ont duré le temps que je m'y réhabitue, c'est-à-dire quelques semaines à peine. J'ai vite senti le besoin de regarder devant, vers l'horizon que le voyage avait esquissé. Un matin, je me suis assis à mon bureau de toujours et j'ai sorti une feuille de brouillon.

Comme beaucoup de gens, mon existence avait très tôt été régie par des listes : de tâches, de courses, de dates. Le plus souvent, ces béquilles temporaires à la mémoire concernent le jour même ou la semaine qui vient. Ce matin-là, j'ai listé ce que je voulais faire de ma vie, de ce temps qui restait.

J'ai écrit comme ça venait. Manger bio à tendance végétarienne. Faire des choses avec mes mains et des travaux physiques qui font bien dormir le soir. Polluer le moins possible, vivre sobrement. Éviter de verser un loyer à un rentier. Habiter un endroit assez grand, assez ouvert, et avoir plein de matelas pour accueillir sans compter. Continuer à créer, à écrire et à photographier. M'affranchir de la dépendance à un travail dénué d'utilité directe et prisonnier d'une logique capitaliste. Apprendre le persan et d'autres langues étrangères. Vivre plus proche de la nature et du grand silence, dans un endroit avec du relief. Avoir du temps. Ce genre de trucs.

C'était la vie idéale, la façon dont je pensais dénicher le bonheur. C'était assez individualiste, comme démarche. Je choisissais ma vie à la carte, comme si je remplissais un caddie, parce que c'est ce que j'avais toujours connu : avoir le choix, faire son marché. J'étais un petit consommateur de mode de vie qui peut choisir parce que, si ça ne marche pas, il a des ressources pour essayer autre chose, ce qui n'est pas un luxe universel. Je suspectais que toutes mes aspirations n'étaient pas compatibles, mais deux choses m'apparaissaient clairement : premièrement, je n'étais pas parti pour gagner beaucoup de fric, ce qui allait bien avec mon penchant pour l'ascétisme relatif, et deuxièmement, le seul endroit où je pouvais espérer faire rentrer toutes mes envies dans l'équation était la campagne. Quand je réfléchissais à la façon dont je pourrais y gagner ma vie, ma première idée a été de me dire, comme tout bon urbain avec ses clichés sur le monde rural, que je vendrai des légumes sur un marché.

5

Quelques semaines plus tard, mon téléphone a sonné. C'était le destin. Une connaissance lointaine tombée sur mes récits de voyage m'appelait pour me proposer du boulot. Elle était coordinatrice d'un festival itinérant qui commençait trois mois plus tard. « Le premier tour de France de l'agroécologie et de la permaculture », m'avait-elle dit avant de me dérouler le programme : « Trois mois, trente étapes sur les routes de France, des visites de fermes, un village mobile avec des conférences, des concerts, un bar, un restaurant et même une boulangerie. » Elle me proposait d'intégrer l'équipe communication, dont la mission était d'animer les réseaux sociaux et de répondre aux médias pour faire venir des gens. Je ne ressentais nullement le besoin de nomadiser trois mois de plus, mais je me suis dit que c'était le genre d'occasion à ne pas rater. Ce job de reporter était un premier contact avec le monde rural. Du coup, j'ai accepté de « rejoindre l'aventure », comme on dit dans les start-up.

Avant le grand départ de juin, il y avait deux mois de préparation dans un open space de coworking non loin du métro Richard-Lenoir, où l'association Fermes d'Avenir partageait un flex office avec d'autres jeunes bobos, qui venaient à bicyclette passer la journée derrière l'écran de leur MacBook Pro. J'aurais pu déprimer de revenir à ce genre d'ambiance, mais je savais que je n'en avais pas pour très longtemps, alors je le vivais comme un voyageur. Je venais à vélo depuis ma banlieue en traversant le bois de Vincennes, où l'on sentait poindre les beaux jours. J'envoyais des mails et des formules de politesse, je répondais au téléphone, on faisait des réunions, j'étais gentiment débordé, c'était un peu comme un jeu, ça me faisait marrer. À la différence de mes précédentes escales, je connaissais bien le terrain, Paris, et je redécouvrais le sentiment agréable de se repérer, d'être comme un poisson dans l'eau trouble de la Seine.

Les mondanités reprenaient, des gens, des fêtes, et Paris en a profité pour me faire son plus beau numéro. Quand elle est apparue descendant l'escalier, j'ai lâché le fil de la conversation que je tenais avec je ne sais plus qui. Des suites d'un premier contact poussif où j'étais le seul à poser des questions banales et où j'apprenais qu'elle était comédienne, je parvins à lui faire noter mon numéro. À la faveur de quelques grammes d'alcool de plus dans le sang, je lui volais deux baisers, qu'elle accorda volontiers à ma demande soudaine mais polie. En regagnant ma banlieue, j'ai pédalé dans un mélange de plaisir et de scepticisme. Je le savais, ma parade nuptiale brouillonne et alcoolisée ne l'avait pas conquise. Elle m'a écrit le lendemain pour me dire qu'on ne se reverrait pas et que, de toute façon, je ne me souvenais même pas de son prénom. Sautant sur l'occasion du contact rétabli, je lui adressai une proposition nominative. Son prénom signifiait « clair de lune » en persan. Elle avait fixé le rendez-vous dans le bar des comédiens de la rue du Faubourg-Saint-Denis qui s'appelle l'Escalier, et dont le patron fume des cigares en écoutant des opéras italiens pleins de mélancolie.

Rue du Faubourg-Saint-Denis, toujours, les murmures de la ville et le soleil de huit heures traversent les persiennes de la chambre et caressent les longs cheveux noirs de la belle de l'escalier. Dans le salon, j'entends voler la perruche de l'inconnue qui nous a prêté ce nid. Nos vêtements ont passé la nuit là où nous les avons abandonnés tard dans la soirée. Encore allongé, je regarde les moulures discrètes du plafond avec un sourire imbécile. Dans quelques minutes, je la réveillerai d'un baiser sur l'épaule. Je devrai partir travailler. On prendra un café serré et on se jettera des regards pleins de promesses quand elle sera sur le seuil de la porte et que je descendrai l'escalier. Elle ira fumer un pétard à la fenêtre après avoir remis la perruche dans sa cage et je pédalerai, dans les rues de Paris reconquis, vers l'endroit où j'irai déguiser l'amant épuisé et heureux en employé de bureau improvisé.

Le matin du départ pour le tour de France de l'agro-écologie et de la permaculture, début juin, deux semaines après l'avoir rencontrée, elle a traversé Paris. On a fait des plans sur la comète, et échangé des au revoir interminables. Quand les copains m'ont récupéré et qu'on est partis vers l'est, j'étais sur la lune plus que sur l'autoroute A4. J'avais l'impression d'éprouver la première conséquence de mon choix de quitter la ville. À mesure qu'on s'éloignait de Paris, mon excitation grandissait à l'idée de découvrir le monde rural où j'imaginais mon futur.

Le Fermes d'Avenir Tour, ou FAT, anglicisme tendance du Paris des années 2010, était un marathon. Les étapes de trois jours s'enchaînaient sans pause, avec une cadence infernale, jusqu'à ce que tout le monde s'installe dans un état second et devienne à moitié dingue. Entre deux étapes, le village itinérant était démonté et remonté ailleurs. Le soir du troisième jour, l'équipe technique devait charger sur ses camions les quatre grands chapiteaux de plusieurs mètres de haut, les barnums, les sanitaires, la scène, la sono, faire la route de nuit et tout réinstaller le matin. Pour la cuisine, le bar et la boulangerie ambulante, même combat. L'équipe de la communication occupait et tractait une vieille caravane avec des coussins à fleurs, des meubles en contreplaqué, une imprimante capricieuse et toujours plein de gens et de bordel. C'est là qu'on éditait nos photos, nos vidéos, là que j'écrivais jusque tard dans la nuit un article illustré tous les trois jours pour donner à internet des nouvelles de la planète FAT. La journée, il y avait les visites, les repas, les activités, les présentations, les spectacles, les stands, les marchés. Le soir, les concerts, les films, les conférences, les tables rondes. Il y avait toujours quelque chose à couvrir, un endroit où courir, des urgences, des personnes avec des questions et d'autres avec des problèmes, on n'arrêtait pas. Le gars qui avait imaginé tout cela était dénué de limites et blindé de contacts. C'était un fou génial, un visionnaire inconscient, convaincant et convaincu que la révolution n'était qu'à un jet de bière. Certains jours de surrégime, on ne savait plus si on lui était reconnaissants ou s'il était mauvais pour notre santé. La plupart des soixante personnes du staff étaient bénévoles. Je me demande encore comment nous avons atteint la trentième étape sans mutinerie générale et sans qu'il y ait plus qu'une ou deux démissions pour cause d'écoburn-out.

Pendant trois mois, nous avons fait corps, tout le monde portait tout le monde, les gens étaient plusieurs fois eux-mêmes. Organiser le chaos du festival nous avait tellement soudés que nous étions devenus un genre de famille. Les copains sortis ensemble sur le festival ont eu leurs premiers enfants, beaucoup d'anciens ont monté des collectifs et, quatre ans plus tard, ce qui a commencé sous les chapiteaux vit encore. Dès les premières étapes, l'individualisme s'était effacé pour laisser place à une espèce de conscience collective. C'était un festival de bienveillance, ce mot délavé que tout le monde emploie toutes les cinq minutes mais qui prenait tout son sens à ce moment-là. Une armée de marmitons coupaient quotidiennement des légumes sur les tables pliantes de la cuisine, tandis que les chefs, pour la plupart des rescapés de la tyrannie des restaurants étoilés, préparaient des dingueries à tous les repas. On mangeait bio, local et délicieux. Les copains se répartissaient pour monter les chapiteaux, planter les pinces, installer les stands, couper le bois, servir des pintes, façonner le pain, dessiner des panneaux, afficher les programmes, préparer l'étape suivante, faire la plonge tard dans la nuit et régler tous les petits problèmes avec leur génie et les moyens du bord. Le village était irradié d'une énergie magnifique, peut-être générée par le sentiment partagé de vivre quelque chose qui n'arriverait qu'une fois dans notre vie. Les semaines duraient trois jours, les amitiés se nouaient en une étape, on riait plus que d'habitude et il y avait beaucoup d'amour dans l'air du soir. On terminait les journées sous les étoiles par une bière artisanale ou un verre de vin naturel, bercés par la playlist du bar qui passait une fois par jour notre hymne, *Le temps est bon* remixé par Degiheugi.

Nous avons tenu la cadence parce que le festival défendait une cause juste. Pour beaucoup d'entre nous, souscrivant au diagnostic de la déliquescence du monde capitaliste et déjà réceptifs aux idées alternatives, ces trois mois ont constitué notre éducation politique. À l'époque, j'essayais autant que possible de manger bio, d'éviter la viande, et je réglais mes questions éthiques sur les étiquettes. Je pressentais que les champs chauves que je voyais par la fenêtre des trains ne résultaient pas forcément d'un modèle agricole vertueux, mais je me disais que c'était le prix à payer pour nourrir tout le monde. Le lien que j'établissais entre agriculture et alimentation était flou.

Au bout d'une dizaine de visites chez des paysans érudits et après avoir suivi plusieurs conférences d'agronomes pointus, je commençais à comprendre l'idée. Ce que j'apprenais contrastait avec ce qu'on m'avait enseigné en cours d'histoire-géographie sur la révolution verte, cette phase de modernisation de l'agriculture intervenue au cours de l'après-guerre avec le plan Marshall. Jusqu'alors, je me figurais que les gains de productivité obtenus grâce aux tracteurs et aux produits chimiques avaient permis de nourrir un monde au bord de la famine. Pourtant, selon nos interlocuteurs, ce progrès technique était en fait assez problématique : érosion des sols, lessivés dans les rivières faute de racines et d'arbres pour les retenir, perte de fertilité de la terre, qui n'héberge plus de vie et se minéralise sous l'effet du labour profond et de l'épandage de pesticides, disparition des insectes et des pollinisateurs, pollution de l'air et des cours d'eau entraînant des coûts pharaoniques pour la collectivité, réduction de la valeur nutritionnelle des productions et même risques accrus de cancers et de maladies neurodégénératives à cause des perturbateurs endocriniens présents dans les aliments. L'addition était salée.

Plusieurs critiques déconstruisaient aussi l'idée que je me faisais de la productivité accrue des pratiques dites conventionnelles. Depuis ses débuts, l'agriculture consistait schématiquement à transformer de l'énergie solaire en énergie consommable par l'homme. Avec la révolution verte, la mécanisation et la fabrication d'engrais artificiels et de pesticides avaient mis l'agriculture moderne sous perfusion des énergies fossiles. Elle consistait maintenant davantage à convertir des litres de pétrole en calories alimentaires, avec un rendement énergétique déplorable. La productivité par agriculteur avait augmenté, certes, mais les bénéfices étaient passés sous le nez des paysans pour aller dans les poches de ceux que Karl Marx aurait désignés comme les capitalistes, patrons et actionnaires de l'agroalimentaire et de la grande distribution.

Que le système soit injuste, d'accord, mais en plus il n'était pas viable à long terme à cause du changement climatique combiné à la disparition des pollinisateurs, à la finitude des énergies fossiles et à tout un tas d'autres problèmes. Bref, le modèle agricole dominant était à bout de souffle et, sans grande surprise, la solution avancée par les conférenciers du FAT était l'agroécologie. Ils nous expliquaient que le but du jeu était de faire un usage intensif des ressources abondantes, comme le soleil et le gaz carbonique, de restaurer la fertilité des sols en s'inspirant des cycles naturels autonomes de la forêt et de choyer la biodiversité, qui évitait tout un tas de dysfonctionnements. L'idée était de s'appuyer sur la nature plutôt que de la combattre, de comprendre comment elle fonctionne plutôt que de faire table rase pour tout recréer artificiellement. À voir toutes les interdépendances et l'infinité de règles qui régissent le vivant, cette solution paraissait plus complexe, demandait plus de main-d'œuvre et de connaissances, et une modification de nos régimes alimentaires, mais c'était, pour les gens que nous rencontrions, le seul moyen de nourrir durablement tout le monde.

Les paysans dont nous visitions les fermes expérimentaient le maraîchage sur sol vivant, la biodynamie, cultivaient des semences paysannes, réhabilitaient la traction animale, créaient des micro-fermes intensives, produisaient des vins naturels, vendaient en AMAP, dans des magasins de producteurs ou sur place. Travailler de cette façon-là en 2017 était un acte militant. Tout l'été, nous avions rencontré des gens qui faisaient quatre-vingts heures par semaine et passaient le reste de leur temps à apprendre. Ils atteignaient rarement le SMIC, et leur priorité était souvent de rendre leurs produits aussi accessibles que ceux de la grande distribution. Certains se contentaient d'un vieux mobile home mal isolé pourvu qu'ils aient un lopin et une grelinette pour prouver qu'on pouvait faire autrement, sans détruire la terre, et vendre de la nourriture saine et sans pétrole. Pour moi, ils étaient des héros. Visite après visite, il devenait de plus en plus évident que franchir le seuil de la campagne n'aurait de sens que pour rejoindre les rangs de cette belle résistance.

Je commençais pourtant à douter de ma capacité à devenir moi aussi un héros maraîcher. Continuer l'écriture et la photographie impliquait d'avoir du temps, et ce temps risquait de me manquer si je devais survivre d'une production agroécologique manuelle. Malgré des pulsions de solitude, la perspective d'une vie d'ermite en plein désert rural ne m'inspirait pas tellement. La solution pour concilier désir de campagne et diversité des occupations était juste devant mes yeux : le collectif. C'était d'ailleurs la première solution de survie qu'*Homo sapiens* avait trouvée : s'installer à plusieurs, à la chaleur des autres, partager les tâches, les factures, les combats et les rêves pour les rendre accessibles et joyeux.

Jour après jour, les déclics s'opéraient de manière plus ou moins consciente. Quand j'avais cinq minutes, j'écrivais à Clair de Lune. À la cinquième étape, elle s'était décidée à faire cinq cents kilomètres pour rejoindre la planète FAT. J'étais allé la chercher à la gare, plus électrisé que les câbles du TER. Elle allait découvrir ce qu'était ma vie depuis deux semaines. Elle réfléchissait à me rejoindre en août, et ce week-end était décisif. Je priais secrètement pour que fusionnent les deux vies que j'avais commencées en parallèle.

Mais la greffe n'a jamais pris. Les complications ont commencé à distance, déclenchées par des futilités. On échangeait des mots, frôlant la rupture, et le jour suivant, au prix de longues explications, ils étaient balayés par des déclarations enflammées. Clair de Lune était lunatique et j'étais amoureux. Étape après étape, les copains me voyaient de plus en plus souvent vissé à mon téléphone, miné par des problèmes incompréhensibles.

Elle m'a rejoint en août. La proximité qui promettait de mettre un terme à tous nos soucis en a créé de nouveaux, et il n'y avait pas de bouton stop. J'étais débordé de travail. On ne faisait plus que s'engueuler et recoller les morceaux. Le moindre truc pouvait dégénérer. Certains jours, elle était heureuse, d'une douceur magnifique, et je l'aimais à la folie. D'autres, elle haïssait tout ce putain de festival et elle avait des lance-roquettes à la place des yeux. Je ne sais pas si démissionner aurait arrangé les choses, si on se serait retrouvés tous les deux comme au début, mais je n'en avais pas envie. Malgré l'épuisement, j'étais captivé par ce que je voyais et vivais. Je voulais faire mes photos, écrire mes articles tard le soir dans la caravane, capter le plus possible de cette belle énergie. Ce job était le début du virage que je voulais prendre, et ce n'était pas négociable. C'est sans doute ça qui la tuait, que je m'entête à chercher le bonheur à un endroit où elle ne pensait pas le trouver.

À la dernière étape, on s'est engueulés plus fort que d'habitude et je suis allé faire la fête avec les autres plutôt que d'essayer de recoller les morceaux. Le lendemain, je l'ai déposée à la gare, j'ai fumé une grosse clope et je suis allé ranger la caravane avec une gueule de bois et un spleen monumentaux, parce qu'on repliait pour toujours. J'étais absent pour la dernière photo de groupe. Le festival et mon histoire étaient terminés. J'étais vidé, mais l'effort avait payé : je savais ce qu'il me restait à faire une fois que j'aurais repris des forces : chercher un collectif, trouver une ferme.

Comme toute bonne investigation, la mienne a commencé par la page d'accueil du moteur de recherche de mon navigateur : une fenêtre de texte avec curseur qui clignote comme pour dire « vas-y ». Mais où ? Je n'avais aucun lien à la terre à me mettre sous le doigt, pas une ascendance paysanne assez proche pour être crédible, la carte était plate comme la Beauce. Pas la Beauce. J'ai ouvert la carte de France des « oasis », ces lieux où des individus tentent collectivement de vivre l'écologie.

Je suis tombé sur des sites qui m'ont semblé louches : dans le monde des écolieux, c'est comme partout ailleurs, il y a à boire et à manger. Il y avait des pages décorées comme Windows 95, où les gens expliquaient pourquoi la polyfidélité sexuelle est le ciment de la vie en communauté. C'est peut-être visionnaire, mais je ne me voyais pas trop débarquer dans un endroit où tout le monde couche avec tout le monde. Mon éducation judéo-chrétienne me réduit à penser que ce genre de façon de faire en société finit souvent par susciter des sentiments moches.

D'autres sites étaient truffés de dénonciations et d'intransigeance. Leurs auteurs expliquaient qu'ils étaient contre à peu près tout, que tout allait mal et que personne ne faisait rien. L'espèce humaine était une verrue à laquelle ils culpabilisaient d'appartenir. Après avoir tout lu, le seul passage à l'acte cohérent était le suicide. C'est sûr, l'état du monde de l'anthropocène est préoccupant, mais je ne comprends pas vraiment ce qu'il y a de militant à tout rejeter. Pour moi, le « tous pourris » est une conception simpliste du monde.

Et puis il y avait le troisième type de sites, avec plus de photos, où les proprios du lieu semblaient se servir de leur jolie maison avec potager pour emballer tout un tas de stages qui coûtaient les yeux de la tête. Il n'était pas rare d'y lire les mots « développement personnel », ce concept en vogue qui consiste, de ce que j'en ai compris avec mauvaise foi, à tirer profit du désœuvrement d'autrui sous prétexte que brasser des mots redonne du sens à sa vie. Ça sentait le plan d'expert en marketing qui se réincarne en coach après trois stages de yoga.

Heureusement, il y avait aussi un tas de collectifs qui avaient l'air sympas, qui racontaient des choses sensées. Un collectif trônait en haut de ma liste. Il semblait être plus ambitieux en matière d'autonomie. J'ai été sensible à des mots-clés comme « habitat bioclimatique » et « Pyrénées ». L'annonce était rationnelle, mais pas froide, le projet était engagé, mais pas dogmatique, et le ton était sérieux, mais il laissait percevoir une pointe d'autodérision. Tout ne correspondait pas intégralement à ce dont je rêvais, mais c'était suffisant. Je me suis dit que l'important était de trouver un endroit où changer de vie, et que le reste, ça s'appelait l'adaptation. Je les ai appelés, je suis tombé sur Marc, on a fixé une première rencontre.

6

Marc, Valérie et Noé sont revenus de leur voyage au milieu de l'été. On mange toujours dans la cour et le chantier lambris est terminé, à quelques éternelles finitions près. Avec Mohamed, on a rendu sa chambre à Noé et migré dans le jardin. Nous sommes toujours voisins, mais chacun a sa tente. Le soir, on descend à la torche jusqu'à l'orée du bois, on joue un concert de fermetures Éclair avec les toiles, les moustiquaires et les duvets, et puis on écoute les bruits de la forêt : la chouette hulotte, les sangliers, les chevreuils et les chiens au loin qui aboient à cette grouillante pénombre qui me pousse dans les bras de Morphée. Le matin, c'est l'invasion des limaces. D'une pichenette sur la toile, j'en fais valser quelques-unes, mais c'est peine perdue. Je me décide à émerger.

Je monte plein est, en direction de l'aube. Entre les herbes hautes, les araignées ont suspendu leurs œuvres de dentelle qui brillent dans le contre-jour. Pas après pas, la rosée trempe mes chaussures. J'aurais dû mettre les bottes, je le savais. Je ramasse quelques limaces pour protester symboliquement contre leur invasion. J'ai la main pleine, les baveuses se répandent, plus que quelques mètres avant l'enclos des canes, trois coureuses indiennes, toutes blanches : Riri, Fifi et Loulou. On ne s'est pas foulés pour les noms. Elles sont farouches, marchent toujours les unes derrière les autres en balançant leur drôle de corps avec une synchronisation de défilé martial. Les canards coureurs indiens sont des créatures mythologiques en permaculture. Sélectionnés pour être essentiellement carnivores, ils sont censés passer leurs journées à se remplir le jabot de limaces pour débarrasser les jardiniers. Quand je balance ma poignée dans l'arène, je constate que les canes ont en effet la même relation aux limaces que les chiens aux croquettes. C'est jouissif de les voir engloutir nos envahisseuses, alors je ne me prive pas : tout seul au milieu du champ, je leur balance des encouragements satisfaits.

Le jardin a fière allure, les planches de culture sont moins enherbées qu'au printemps, les plants sont à leur apogée, les récoltes abondent, les courgettes en font trop. Dans la maison, on pose le nouveau plancher après avoir fait l'électricité et fixé les solives. Quand on aura fini, on attaquera les cloisons. Le chantier avance à vue d'œil. En attendant les nouvelles chambres, Élodie et Valentin habitent dans la caravane, Christine et Christophe, dans la chambre à côté de la porte d'entrée, en compagnie d'un rongeur de plus en plus à l'aise, qui va bientôt avoir droit au petit sachet de poison bleu, limite de notre amour pour la biodiversité.

Depuis septembre, il y a deux nouveaux dans la grange au-dessus de l'atelier : Tom et Lulu. Ils sont toujours fourrés ensemble, depuis l'enfance. Ils forment quasiment une seule et même entité. On dit souvent : « Tu n'as pas vu Tom et Lulu ? » Ils ont dix-neuf ans tout juste et ils emménagent déjà dans une ferme collective décroissante. Me remémorant dans quelle adolescence je pataugeais à leur âge, je me dis qu'ils ne perdent pas de temps. Tom et Lulu ont des yeux bleu clair, brillants, un petit gabarit et des cheveux longs en bataille. Pour se payer un peu de sobriété heureuse à la ferme, ils ont économisé pendant plusieurs mois en mangeant des pâtes et en faisant le ménage au petit matin dans les grandes surfaces du capitalisme.

C'est un peu la consécration d'être dix. On a atteint l'effectif de croisière qu'on imaginait. Le collectif est au complet, intergénérationnel, paritaire, comme dans la charte. Les collectifs, c'est un peu comme les petits villages ruraux : ils sont contents quand ils gagnent des habitants. Quand les gens me demandent des nouvelles, ils demandent combien nous sommes, comme si c'était un indicateur de santé. Dix, ça veut dire 10/10. Et on est toujours plus que dix autour de la grande table.

La ferme a le super-pouvoir d'attirer des copains, des woofeurs et une foule de curieux. Rien à voir avec la retraite monacale à laquelle je m'étais psychologiquement préparé en m'installant à Perpette-les-Oies. En mettant les voiles, je pensais que la distance aurait raison – c'est la vie – de ces amitiés qui viennent et qui vont, mais il n'en est rien. Le monde dont je me suis éloigné avec un peu de chagrin vient maintenant à nous. Comme on habite loin, les visiteurs restent plus que le temps d'un verre, ils dorment à la maison et on a quelques jours pour faire le tour du jardin, désherber en discutant et vivre des moments qui se transforment en souvenirs. Maintenant, c'est moi qui perpétue la tradition de la visite guidée de nos installations : la maison bioclimatique autoconstruite, les systèmes solaires, l'autoépuration des eaux usées, les serres, le champ, le verger, le paradis. Dans l'ensemble, les gens trouvent ça super, joli, ils souscrivent intellectuellement. Mes parents aussi, mais ils ne s'y verraient pas. Ce ne sont pas tellement les toilettes sèches qui refroidissent les visiteurs, mais plutôt la vie en communauté. L'époque est à la liberté individuelle, et l'idée d'habiter à dix sous le même toit rend sceptique.

Leurs appréhensions sont fondées. L'empirisme le plus élémentaire permet d'affirmer que vivre en couple reste plus compliqué qu'un sudoku de niveau débutant et qu'il existe un paquet de familles où l'ambiance est aussi détendue qu'un CRS à Notre-Dame-des-Landes. Autant écrire que la coexistence harmonieuse de dix inconnus, anticonformistes, de générations différentes et vivant dans une relative promiscuité apparaît aussi atteignable que la démocratie. On m'avait mis en garde. Les collectifs périclitent à cause du facteur humain, ce diablotin qui déjoue les plus belles intentions au fond du cœur de chacun de nous. Notre utopie est sympathique, louable, mais statistiquement vouée à l'échec. Nous sommes censés manquer d'intimité, de liberté, suffoquer, nous étriper et, avant d'en arriver là, opérer un bon gros schisme : chacun chez soi. Il paraît que c'est inéluctable.

Pour l'instant, nous narguons le destin en accomplissant quotidiennement l'exploit de nous supporter les uns les autres, et je me demande à quoi ça peut bien tenir. Ce qui aide, c'est qu'on est tous à peu près d'accord. Tous gauchos, tous écolos, tous atterrés par la société de consommation et tous allergiques à l'idée d'y participer. On partage une vision du monde, un récit commun. Nous sommes tous excités par l'idée de tenter autre chose, de ne pas faire comme les autres. L'alternative est notre identité.

Et puis, c'est pratique le collectif. On éprouve au jour le jour des dictons comme « tout seul on va plus vite et ensemble on va plus loin ». Pour n'importe quelle tâche un peu chiante, il y a toujours l'option d'appeler des renforts, de se partager le boulot. À chaque fois, un miracle se produit : quinze cagettes de patates se plantent en deux heures, et les travaux avancent plus vite que nous. On a dix fois plus de cerveaux pour trouver des solutions en réunion, dix paires d'yeux pour veiller sur la ferme, on est dix à faire des blagues. On divise par dix la taxe d'habitation et l'abonnement internet, on ne fait à manger qu'un jour sur dix. Quand c'est bien organisé, c'est sacrément rentable. C'est d'ailleurs le principe de n'importe quelle entreprise. Dans le fond, sauf les ermites, tout le monde participe à des collectifs.

Au-delà de l'intérêt pratique et des économies d'échelle qui m'ont convaincu au début, certains d'entre nous trouvent au collectif le charme des pistes noires : c'est plus éprouvant, mais plus stimulant. Pour Valérie ou pour Tom et Lulu, la ferme est un peu l'école du travail sur soi. Ils disent qu'il faut apprendre à accepter les défauts des autres et essayer de se débarrasser des siens, à sortir des schémas séparatistes quand il y a un clash. Pour que ça marche, il faut arrondir les angles, prendre en compte et ménager les susceptibilités, trouver la patience de passer ces longues minutes à échanger dix points de vue sur les horaires d'allumage du wifi, la modification d'une phrase du site internet ou d'autres questions qui ne me seraient même pas venues à l'esprit. Mais, si c'est important pour quelqu'un d'autre ou pour la ferme, je fais l'effort. On prend les décisions au consentement après des discussions non consensuelles. Certains cherchent cette confrontation parce qu'ils s'éduquent à coups de débats et de contre-arguments.

Pour faire tourner la ferme, nous n'avons pas échappé à la nécessité de « mettre en place un certain nombre d'outils », comme on dit pour qualifier les documents, les réunions, les tableaux. Au début, j'avais le sentiment d'être maudit. J'avais fui la vie salariée pour échapper aux lourdeurs organisationnelles et à la bureaucratie, et voilà qu'elles me pourchassaient jusqu'au fin fond du monde. La vie du collectif est régie par une charte, un règlement intérieur et tout un tas de consignes affichées dans la salle de bains, la cuisine et les parties communes, exactement comme dans les auberges de jeunesse. Pire, je me retrouve à noter quotidiennement mes heures passées à travailler pour la ferme sur le tableau des temps, avec la drôle d'impression de pointer. La règle souvent discutée dit que nous devons dix-neuf heures par semaine au collectif. Ces heures incluent les temps de réunion, de courses, de ménage, de chantier, de jardin, de déplacement et d'apprentissage. Le temps est une espèce de monnaie. Le compte est annualisé, ce qui nous permet théoriquement de paresser la conscience tranquille et de désamorcer le ressentiment de ceux qui ont l'impression de bosser plus que les autres. La variable d'ajustement de nos projets est davantage le temps que l'argent. Pour construire les nouvelles toilettes sèches dans le jardin, il faut surtout compter trois jours de travail parce que les matériaux sont récupérés.

Le simple fait d'habiter engendre un planning de réunions avec facilitateur, ordre du jour, compte rendu et tout l'attirail anti-bucolique. À la première réu émo, pour « réunion émotionnelle », je me suis franchement demandé si j'étais taillé pour le job. On s'est assis en cercle et on est restés sans rien dire, jusqu'à ce qu'un silence pesant s'installe. Quelqu'un a enchaîné d'une voix anormalement zen avec le rappel du « cadre de sécurité », qui n'a rien à voir avec les consignes de sécurité tant il n'y a aucun danger physique. C'est une image, comme les outils. Ce cadre dispose que les participants parlent avec intention, écoutent avec attention, soient bienveillants, ce genre de trucs, histoire que tout le monde comprenne qu'on a fait un voyage spatio-temporel et que, ça y est, nous avons quitté la foire d'empoigne de la vie et pénétré dans la galaxie Bisounours. Ensuite, c'était « parole au centre ». Pour moi, on était déjà à mi-chemin entre les alcooliques anonymes et le spiritisme. Les participants étaient « souverains d'amener un sujet », c'est-à-dire d'ajouter un mot à l'ordre du jour des préoccupations. Avant de commencer, un « temps de centrage » était déclenché par le tintement d'un bol tibétain. On a fermé les yeux. Les chakras se sont alignés et j'ai atteint l'état où je n'aurais pas été étonné de voir débarquer le dalaï-lama. Au premier tour de parole sur le sujet de la « gratitude », on a commencé à se dire qu'on s'aimait les uns les autres, et je me suis demandé si on n'était pas en train de vriller. J'avais été éduqué au second degré pudique, à l'humour noir, et je dis à mes parents que je les aime une fois par an grand max. J'envisageais ce genre d'épanchements uniquement sur le divan d'un inconnu qui prend soixante-dix balles les quarante-cinq minutes.

Je concède volontiers que si on ne prend pas le temps de se dire qu'on s'aime on finit par ne jamais se le dire et on le regrette, mais je n'étais pas habitué à jouer cartes sur table à ce point-là. Je trouve du charme aux non-dits, aux sous-entendus, aux silences. Disséquer mes émotions, ça n'est pas mon créneau. Mais bon, c'est une tentative comme une autre de préserver la cohésion du groupe. Je ne suis toujours pas convaincu mais, si ça fait du bien à certains, si c'est bon pour la santé mentale du collectif, je n'ai rien contre, et je veux bien faire un effort.

Quand la houle du temps a charrié avec elle de potentielles sources d'embrouilles et des petits ressentiments à la con, j'ai constaté que ces petites thérapies de groupe un peu barrées permettaient de désamorcer les tensions anodines qui font moisir les relations. J'ai revu mon scepticisme à la baisse. On ne sait globalement jamais pourquoi on va faire ces réunions, mais on en ressort toujours le cœur plus léger.

Enfin, j'ai aussi mes limites, par exemple au moment où on s'est lancés dans un cycle d'ateliers « besoins » qui consistait à coller des Post-it dans des cases, à les regrouper pour dégager les grandes tendances et à tirer des conclusions du type « j'ai besoin que le collectif m'apporte de la joie » ou « l'alimentation est un objectif prioritaire de notre collectif ». Ce n'était pas les scoops de l'année, par contre on avait perdu une matinée de soleil, de taf, de jardin, de chantier ou de lecture. Je me suis dit que dans tous ces outils il y avait des arnaques aussi bidon que mes anciens jobs, des gesticulations mentales qui n'intéressaient que les passionnés de développement personnel. Je n'avais pas envie de passer mes journées à réfléchir à notre vision, elle était déjà assez claire pour s'y mettre.

Sur notre colline, nous essayons de refaire société, rien de moins. Aujourd'hui, on discute des loyers des futures chambres dans le petit salon. Valentin propose que tout le monde paie la même chose, ou que chacun paie ce qu'il peut. Tom et Lulu ne voudraient pas qu'on paie pour eux. Marc propose une répartition carrée, proportionnelle à la surface occupée, et je propose de majorer le loyer quand les chambres ont vue sur les Pyrénées. On se met à parler d'égalité, d'équité, de redistribution, de justice, à questionner l'idée selon laquelle les meilleures chambres doivent être les plus chères, au risque de reproduire les inégalités d'un système qui loge les plus pauvres dans les cagibis. Chaque semaine, nous inventons des règles pour fonctionner, pour nous simplifier l'existence, pour nous adapter à ce qui change. Après les avoir éprouvées, on les débat, on les maintient, on les amende ou on les abolit quand juste nous semble. Parfois, à table, des woofeurs ou des visiteurs nous parlent de collectifs où il y a très peu de règles et qui font un peu tout comme ça vient, en autogestion. Avec l'expérience de ces premiers mois, je pense que c'est à peu près comme conduire bourré. Je finis par tenir à notre psychorigidité.

Le dernier pilier de notre coexistence harmonieuse est universel, il s'applique à n'importe quelle « aventure humaine » sans distinction. C'est le facteur SYMPA : le collectif marche si c'est sympa. Tous les outils et les règles n'existent que dans l'espoir de cette consécration ultime qu'est la bonne ambiance. À ce niveau-là, le collectif est une pyramide humaine : on se supporte les uns les autres comme des acrobates dans un équilibre subtil, on se tient pour que ça tienne.

Nous sommes des écailles de laine qui tentent de feutrer. Dans notre pelote béarnaise, il y a de tout : des relations amoureuses, des amitiés, des relations cordiales, fonctionnelles, sans plus. Le manque d'atomes crochus avec certains est compensé par la présence des autres. Je trouve chez Christophe la chaleur qui me manque chez Marc, et chez Marc la rigueur qui me manque avec Christophe. Chacun fait son marché, et pour l'instant on trouve tous notre compte.

Nous arrivons pour l'heure à dominer nos pulsions égoïstes pour le bien du groupe, à penser à la première personne du pluriel, à dialoguer plutôt qu'à prendre la porte. Pour moi, c'est nouveau, parce que j'ai toujours voté avec mes pieds, foutu le camp dès que ça n'allait pas. Je pense à Christine et à Christophe, qui ont presque l'âge de mes parents. Ils ont filé leur démission et vendu leur pavillon à presque soixante ans pour se lancer dans le chantier de l'écologie résidentielle partagée. Ce n'est pas rien.

Le seul qui cherche encore sa place, c'est Noé. Parce qu'il a l'âge où on suit ses parents en traînant les pieds, mais aussi parce qu'il est relativement seul au milieu de nous. Le fait de ne pas aller à l'école l'empêche de fréquenter des gosses de son âge. Valérie nous a expliqué qu'il avait une phobie scolaire. La situation semble problématique. Je ne sais pas trop quoi en penser, et comme je n'ai ni la légitimité ni l'ambition de jouer les pères de substitution, je ne fais pas grand-chose de ce sentiment de lâcheté par rapport à ce gamin qui végète un peu. À l'occasion, on discute, je le taquine pour le faire rigoler, je lui glisse des paroles de grand frère et je lui fais vaguement la morale quand il refuse de faire la vaisselle une fois de temps en temps. Souvent, ça ne sert à rien parce qu'il se braque. Ce dont il a besoin, ce n'est pas qu'on l'engueule, mais qu'on s'intéresse à lui. Une de ses activités favorites après les Lego techniques, c'est de fendre du bois. Je pense que c'est sa façon à lui d'évacuer, mais c'est peut-être moi qui fais de la psychologie de comptoir. Le soir à table, il nous demande souvent : « Est-ce que quelqu'un sait quand la prochaine soirée jeux est prévue ? » Après manger en général, chacun regagne sa piaule pour profiter de sa vie privée, mais au bout d'un moment on sort la boîte des Aventuriers du Rail, le jeu de plateau d'Élodie et de Valentin. On recrute woofeurs et visiteurs, on s'installe tous sous l'ampoule du salon, sapés comme des affranchis de la mode, on distribue les cartes, les pions, et on n'a pas besoin de claquer des fortunes pour passer une bonne soirée.

7

Aujourd'hui, c'est moi qui suis de cuisine. Le premier service est pour les poules. Je bâille. Je glisse mes pieds dans le caoutchouc froid des bottes et je sors entre chien et loup, direction le congélateur hors service qui nous sert de malle à grains. Je mets deux grands godets dans la casserole et j'emporte les épluchures de légumes. Il y a un mois, Riri a disparu et on a retrouvé le corps de Fifi inerte. Le renard, peut-être, qui devait nourrir ses petits. La vie, la mort, la ferme. Les herbes hautes essuient leur rosée jusque sur mes genoux. Le jardin dort encore. Je défais la chambre à air qui maintient la porte du poulailler. Ying et Yang, deux micro-moutons d'Ouessant qui ont « rejoint l'aventure » depuis peu, débarquent avec leurs pupilles en trait d'union. Tous les matins, ils simulent la même naïveté : ils font comme si je venais les nourrir et comme s'ils avaient oublié qu'ils étaient des herbivores autonomes. Dans les poulaillers, plus personne ne dort, tout le monde est dans les starting-blocks. Quand je verse les grains, c'est Black Friday, les gallinacés se précipitent vers la pitance, et la mangeoire est criblée de coups de bec. Seules une ou deux pondeuses boycottent la cantine, et je dois les bousculer un peu pour récupérer le butin ovale qui a passé la nuit sous la chaleur de leurs plumes. Je sais quel jour on est quand je viens déposer les œufs dans la cuisine : je vois la date inscrite sur ceux de la veille et je marque celle du jour au crayon. Ça me fait une belle jambe, en général. Ce matin, j'ai eu envie d'allumer la radio pour avaler quelques nouvelles du monde avec mon thé et mes tartines. Avant, j'aimais bien ce petit rituel – allumer le poste, comme dans les films, pour se réveiller –, mais maintenant les journaux d'informations me débectent. Au bout de dix minutes de publicité, de non-sujets et de nouvelles de Trump, de Bolsonaro et de Macron, je sens les tartines remonter en sens inverse. Je suis sur le point d'éteindre pour éviter le pire, quand le grand entretien commence. Pablo Servigne est invité pour parler d'effondrement sociétal.

C'est en arrivant à la ferme que j'en avais entendu parler la première fois. Marc, Valérie et Noé avaient profité de leurs deux mois et demi de vélo pour faire un voyage d'études sur l'effondrement. « Super, je m'étais dit. J'ai réussi à dégoter un collectif écolo, organisé, sympatoche, en évitant les polyamoureux obsessionnels, les accros à la ganja, les gourous hégémoniques et les chamans improvisés, mais pas les complotistes du jugement dernier. »

Leur projet était d'animer des soirées pour discuter fin du monde et prendre la température des *Homo sapiens* quant à leur extinction prochaine. La première édition avait eu lieu à la salle municipale du chef-lieu du canton, ce bourg de mille deux cents habitants avec ses petits commerces, son Carrefour Contact et sa bastide, vieille place bordée d'arcades en pierre, dénuée de géométrie et pleine de charme. La soirée avait commencé par un sondage spatial : les gens étaient invités à se mettre d'un côté ou de l'autre de la salle pour signifier si oui ou non ils étaient familiers avec la notion d'effondrement. Je n'étais pas le seul ignorant. Marc et Valérie avaient ensuite passé une bonne vingtaine de minutes d'une interview de Pablo Servigne. L'homme ressemblait à un jeune universitaire gentil comme tout, le regard pétillant de bienveillance, mais il déballait des atrocités sur le futur. Il se présentait comme un collapsologue, c'est-à-dire un scientifique qui s'intéresse à l'effondrement de notre civilisation. Il passait ses journées à se gratter la tête avec des chiffres et des courbes sur la démographie, l'économie, la physique, l'énergie ou le climat, pour arriver à la conclusion que notre société « thermo-industrielle », où plus rien ou presque ne marche sans pétrole et sans industrie, va s'effondrer.

Si c'était une théorie du complot, elle était mieux présentée que d'habitude : il n'y avait pas d'organisation secrète qui manigance, mente et serve des objectifs cachés. Je connaissais les sources sur lesquelles se basaient les collapsologues – les prévisions démographiques de l'ONU, le scénario du GIEC et le rapport Meadows sur les limites de la croissance, dont on m'avait même parlé en première ES –, à tel point que je me suis demandé ce qu'avait fait Pablo à part recycler des choses connues. Les collapsologues compilent, mettent en lien, étudient les interdépendances pour formuler des scénarios et des hypothèses sur la fin de notre monde. Avec toutes les sources de pannes potentielles et crédibles qu'ils ont identifiées et leurs conséquences probables, je me dis que ça va forcément tourner au vinaigre. Ce ne serait pas la « fin du monde », mais la « fin d'un monde ». Le concept d'effondrement récusait tous les concepts mollassons et trompeurs, récupérés et vidés de leur sens par le capitalisme, comme le développement durable, la croissance verte ou la transition écologique. Le message était différent : nous ne sauverons pas le monde tel qu'il existe, il faut se faire à l'idée qu'il n'y aura un jour plus de bananes et de blancs de poulet aux antibiotiques suremballés dans les rayons clairsemés de feu Carrefour Contact. Quand Marc avait lancé un sondage spatial sur la probabilité qu'un effondrement arrive d'ici à une dizaine d'années, il y avait pas mal de convaincus à gauche de la salle. Quand il avait demandé comment se sentaient les gens, il y a eu un mouvement vers la droite : plutôt très inquiets.

Marc était venu à la soirée comme d'habitude, en vélo couché autoconstruit (il en avait aussi fabriqué un à Valérie). Je pense qu'il prend un malin plaisir à se faire discrètement remarquer comme l'écolo du coin. Ça va faire pas loin de vingt ans qu'il milite dans les nébuleuses écologistes de France et du Béarn, et il est un peu désabusé, même s'il reste épisodiquement fidèle aux marches pour le climat. Dès qu'on le lance sur le sujet, il a vite fait de lâcher que, « depuis quarante ans, l'écologie politique a montré son incapacité à apporter une réponse proportionnelle à l'urgence de la situation ». Il est plutôt branché initiatives locales, concrètes, sans se faire d'illusions sur le rapport de force entre les décroissants et les capitalistes. Il a souscrit assez vite à l'idée de l'effondrement, comme si Pablo Servigne avait mis un mot sur la multitude de constats et de slogans écrits à la peinture blanche sur ses tee-shirts.

À la maison, la conversion à l'effondrement a été assez générale. Christine a dit « Ah ben c'est clair que de toute façon c'est ce qui nous attend, hé hé… », tout le monde trouvait ça très crédible, et finalement pas si nouveau. C'était devenu un sujet de blagues pour faire passer la pilule : « Profite de ta petite bière, mon pote, parce qu'après il n'y en aura plus, ce sera l'effondrement. » C'est surtout Valérie et Marc qui se passionnaient pour le sujet, qui réseautaient avec d'autres collapsonautes, qui se faisaient des copains grâce à l'effondrement. Ils s'étaient mis à regarder le moindre truc à travers ce prisme, à tel point que Valérie était souvent déprimée. Seul Noé semblait relativement indifférent. Il rêvait plus de conduire des gros tracteurs que d'anticiper leur disparition. Il avait quatorze ans, tout ne pouvait pas se terminer alors que rien n'avait commencé pour lui.

Ce n'était pas facile d'encaisser la nouvelle, dans le fond. Merde, la transition n'aurait pas lieu, vraiment ? Cette faible flamme, rallumée à chaque élection et soufflée par chaque gouvernement, s'éteignait pour de bon. Il ne fallait plus que je compte sur le monde dans lequel j'avais grandi, parce qu'il était comme un SUV fonçant droit sur un mur et qu'il y avait beaucoup plus de passagers que d'airbags. Sur une web-série dédiée à l'effondrement et devenue culte à la ferme, des gens comme Yves Cochet, ancien ministre de l'Environnement, expliquaient avec une logique implacable que les pénuries à venir, en eau, en nourriture ou en énergie, découlant de la surexploitation des ressources naturelles et des dégradations des écosystèmes, entraîneraient des dysfonctionnements profonds du commerce mondial et de l'économie, et précipiteraient la chute des États, qui ne seraient plus en mesure de couvrir les besoins de base de leur population. Une mauvaise nouvelle n'arrivant jamais seule, cela présageait des épisodes de violence inédits, liés au fait que personne n'hésite à en découdre quand il a une bonne fringale. Cochet donnait ses interviews rênes à la main, dans sa calèche, sortant de sa jolie maison de campagne où il avait remis la vieille pompe manuelle du puits en service.

Je vois mal comment les podcasts, les blogs ou l'édition pourraient survivre là-dedans, et je commence à penser à une reconversion en tant que ménestrel, l'oralité devenant le support de diffusion artistique le plus fiable. Même si certains collapsologues disent qu'on va tous s'entraider pour la survie de l'espèce et se mettre à la permaculture après avoir compris qu'on avait fait une grosse bêtise avec le capitalisme néolibéral, d'autres prévoient que les puissants et leurs soldats vont manquer de fair-play face à l'échec de leur modèle de société et ne pas s'encombrer de principes moraux pour maintenir leur position le plus longtemps possible. Avec un peu d'imagination, mais pas tant que ça, on en arrive aux scénarios des films d'anticipation les plus sombres qu'Hollywood ait produits. Certains adeptes de l'effondrement belliqueux virent survivalistes : bunker, armes, boîtes de conserve et comprimés d'iode contre les radiations nucléaires.

Quelques mois après l'arrivée dans nos vies du prophète Pablo, nous essayons d'imaginer ce qui pourrait marcher après l'effondrement, à condition que la destruction de l'écosystème ne s'arrête pas trop tard non plus. On s'est mis en tête de se préparer, ce qui est un vaste sujet puisqu'on ne sait pas comment le « phénomène dont on prononce le nom au moins une fois par jour » va se manifester. Un des éléments les plus tangibles concerne le pétrole et sa disponibilité de plus en plus réduite. On peut essayer de prévoir ce qui serait compliqué à faire ou à produire sans liquide magique, mais la liste est infinie. Ce n'est pas juste une histoire de prendre le vélo à la place de la voiture, qui n'a plus de carburant, la question est : comment produire des vélos sans pétrole, donc sans transport routier pour acheminer les pièces, sans plastique, sans machines thermiques pour la fabrication.

Déterminés à avancer dans notre anticipation, nous utilisons notre outil fétiche : la réunion. Les réu effondrement sont laborieuses, mais stimulantes. La réflexion consiste à évaluer notre degré d'autonomie sur les besoins basiques : boire, manger, se laver, mais aussi se cultiver, entretenir des liens sociaux, se divertir, etc. On en dégage un certain nombre de sujets prioritaires qui combinent le fait d'être essentiels, comme l'eau, et sur lesquels on a des progrès à faire en matière d'autonomie. Le mot qu'on commence à ériger en réponse à l'effondrement est un autre concept montant : la résilience. Par exemple, si notre puits produit assez et que nous avons une pompe manuelle increvable, comme Yves Cochet, nous sommes « résilients » pour l'eau domestique. Si le réseau public d'eau potable dysfonctionne parce que les stations d'épuration, les pompes ou les canalisations tombent progressivement en désuétude, nous ne serons pas directement touchés, même si les voisins auront soif. Ces tempêtes de cerveau nous conduisent aussi à réfléchir aux savoir-faire et aux compétences à acquérir pour se débrouiller : médecine, agronomie, ferronnerie, couture, et tout un tas de domaines qui sont assez cruciaux pour l'existence et que nous avons délégués à des machines compliquées ou à des Chinois pendant tout le vingtième siècle.

Nous sommes parvenus à la conclusion qu'il était indispensable de se doter d'outils de pointe, tels que des livres, parce que ce sont des supports plus durables que les barrettes de mémoire informatique et qu'ils présentent l'avantage de marcher sans batterie et de s'allumer rapidement. Nous prévoyons qu'un grand nombre de choses deviendront aussi obsolètes qu'une voiture sans essence, à commencer par l'argent. En cas d'effondrement, la valeur des biens risque d'être redéfinie, l'écrase-purée manuel de mamie prenant alors plus de valeur que cinq écrans LCD. Du coup, on réfléchit à comment nous pourrions convertir nos économies pour acheter des choses qui seraient plus utiles que des bouts de papier avec des numéros dessus. À chaque fois qu'on sort de réunion, j'ai la sensation qu'on va loin, trop loin. Je ne me sens pas prêt à vider mon compte en banque pour investir dans des scies à main que l'absence d'industrie ne fabriquera plus, alors que dans le fond c'est du bon sens, je le sais.

Un gros camion s'arrête devant chez nous. Marc était sur le pied de guerre, et il a rameuté tout le monde. Le type livre deux palettes qui pèsent un troupeau d'ânes morts. Ce sont les vingt-quatre batteries au plomb et la centrale de la future installation solaire. Comme d'habitude quand on a une cargaison qui arrive et beaucoup de trucs à porter, on s'y met tous, comme des fourmis, et en deux temps trois mouvements les batteries sont stockées à l'abri. Les panneaux photovoltaïques sont arrivés quelques jours plus tard. Marc les avait eus d'occasion, mais ils n'avaient jamais été utilisés. Un déstockage. On a eu un prix. Il a l'art de dénicher des plans et de contourner les circuits commerciaux classiques, je ne sais pas comment il fait.

Avec ces deux livraisons, c'est comme si le père Noël était passé et lui avait offert un puzzle de dix mille pièces. Il a de quoi s'amuser pour un petit moment. En réunion, il nous montre les plans pour avoir notre avis, mais d'une on n'y connaît rien, et de deux ses propositions sont tellement carrées qu'on accepte en posant juste quelques questions par curiosité. Il a calculé la trajectoire du soleil en hiver et l'ombre des arbres en été pour positionner la structure des panneaux et garantir une exposition optimale. En quelques journées de boulot, avec la main-d'œuvre qui ne manque jamais à la ferme, il a fait tous les branchements et les réglages, construit un coffrage isolé pour maintenir les batteries dans de bonnes conditions thermiques et hygrométriques, et installé un système qui nous donne le niveau de charge. C'est comme si la maison était un gros téléphone, mais c'est le soleil qui recharge. Il a imprimé des schémas et nous fait un petit cours sur l'installation. Pour nous expliquer les ampères, les volts et les watts, l'intensité, la tension et la puissance, Marc a raconté l'histoire de la cascade :

la largeur du cours d'eau multiplié par la hauteur de la chute égale je ne sais plus quoi dans le bassin en bas. J'ai surtout retenu que c'était bien que Marc soit là pour assurer comme d'habitude.

Tous autour de l'installation, en famille, on a assisté à l'abaissement du disjoncteur qui nous reliait au réseau, et le compteur s'est arrêté de tourner. À part les oiseaux, tout le monde a laissé filer une seconde de silence pour profiter du bruit de l'émancipation énergétique : tic. Nous serions incapables de fabriquer le moindre élément s'il y avait une panne, mais notre autonomie électrique était atteinte pour le temps que voudraient bien fonctionner tous ces machins. Même en cas de black-out sur toute l'Europe, on aura toujours de la lumière chez nous. Il va se passer un paquet d'années avant que l'installation nous revienne moins cher qu'un abonnement chez Enercoop, mais maintenant nous nous rendons compte de ce qu'est l'électricité. On consomme de l'énergie quand il y en a, et c'est déterminant si on veut être de vrais écolos. Les jours de beau temps, c'est lessives, machines à bois, bouilloire, eau chaude, folie. Les longues semaines grises, on peut aller jusqu'à couper l'électricité dans les chambres pour ne pas trop vider les batteries et prolonger leur durée de vie.

Je vais à un rendez-vous pour exposer des photos, à une heure de vélo sur les côtes du Béarn. Il fait beau, beau comme ces coteaux arborés épargnés par le maïs conventionnel. Je pédale et je philosophe. Je pense au temps que gagnent les gens qui me doublent avec leur moteur. Si ça se trouve, comme le veut l'adage, ils gagnent de l'argent avec ce temps-là. Dans ce cas, c'est de l'argent carboné, sale. L'argent que je vais gagner en allant travailler à vélo est a priori moins sale. Il est passé dans la lessiveuse des impôts, c'est de l'argent public. Mais comment a-t-il été gagné avant de devenir public ? Est-ce qu'il a été prélevé sur le salaire d'un employé d'une entreprise industrielle ? Est-ce que cette entreprise extrait ou transforme des matières premières et participe à la prédation des ressources naturelles et à la pollution ? Peut-être que je vais gagner de l'argent sale, moi aussi.

Je repense à une discussion qu'on a eue sur les allocations sociales avec Valentin et Élodie. Ils me disaient qu'il n'y avait pas de raison de se priver parce que les institutions créaient tellement d'inégalités qu'on avait bien le droit à une compensation. Les sommes détournées par l'évasion fiscale étaient des milliers de fois supérieures au budget des minima sociaux. Sur le moment, je n'avais pas d'avis tranché, mais instinctivement je sentais que dépendre des allocs était la preuve que notre alternative ne marchait pas. J'avais besoin d'y repenser calmement. Tout en pédalant, je me dis que finalement les « assistés » qui obsèdent les politiciens de droite ont une empreinte carbone moindre en mangeant leurs chips devant *les Feux de l'amour* que le diplomate qui passe sa vie dans les avions et les costards pour aller ouvrir des conférences internationales sur le changement climatique. Pourtant, le deuxième est bien mieux récompensé par la société.

J'arrive en haut de la côte. Les derniers tours de pédale sont difficiles parce qu'on se voit déjà sur le plat alors que pas tout à fait. Ça y est, je glisse en roue libre sur le dos d'une crête, la vue est imprenable : dégradé de vert sur les collines, Pyrénées, soleil. Alors oui, le diplomate qui prend l'avion toutes les semaines pour aller enfiler des perles est grassement récompensé alors qu'il a une utilité sociale négative tellement il pollue. On considère qu'il est plus méritant que les prétendus assistés parce qu'il travaille plus, mais à quoi ? Nous aussi, on bosse toute la journée à la ferme, et pas que pour nous-mêmes : on accueille des curieux, on construit une maison réellement intelligente qui servira à d'autres quand on sera morts, on régénère le sol et on produit même un peu d'art. La vente de légumes sans pétrole ne rapporte rien comparé au temps investi. Ce n'est pas que nous soyons mauvais, c'est que le système économique est taillé pour ceux qui ne s'encombrent pas de problématiques écologiques. Être alternatif en 2019, ça ne rapporte rien financièrement. Si on veut de l'argent, il faut bosser pour ceux qui en ont, ceux qui écrivent les règles du jeu, ceux qui vont plus vite, à n'importe quel prix. Les cyclistes sont en concurrence avec des voitures qui arrivent toujours premières et qui n'ont aucune pénalité pour la pollution. Si les gens étaient récompensés pour l'impact absolu qu'ils ont sur le bonheur mondial et pas sur leur contribution au produit intérieur brut, je connais un tas d'assistés qui auraient des augmentations et un tas d'assistants de l'écocide capitaliste qui se retrouveraient au chômage.

Et si personne ne demandait d'allocations, est-ce que le gouvernement utiliserait cet argent pour les hôpitaux, qui craquent, ou pour recruter plus de soldats et défendre par la violence un modèle inégalitaire de société ? Qui sont les assistés ? Les paysans qui bossent quatre-vingts heures par semaine pour produire des légumes respectueux de la terre et qui touchent le RSA faute de subventions européennes, ou les exploitants qui reçoivent ces subventions parce qu'ils détiennent des milliers d'hectares, qu'ils érodent un peu plus chaque année grâce au prix dérisoire du baril et à la dépollution publique des eaux qu'ils contaminent ? Qui crée de la richesse nette sans épuiser les ressources que la terre est capable de fournir, sans étouffer les autres ?

J'étais plongé dans ce genre de considérations quand une pote que je n'avais pas vue depuis longtemps m'a contacté. Je lui ai proposé de venir à la ferme et elle m'a dit qu'elle avait trouvé un vol pas cher. Quand je lui ai demandé s'il n'y avait pas un train plutôt, elle m'a dit que le temps lui manquait. Du coup, j'ai répondu que ça faisait beaucoup de dioxyde de carbone pour quelques gorgées de bière et qu'on pourrait remettre à une prochaine fois. Elle s'est vexée.

J'ai pris mon dernier avion entre Dakar et Nouakchott en novembre 2015. Jusque-là, j'avais été moi aussi un grand consommateur de kérosène et de téléportation. Aujourd'hui, je continue à monter dans les voitures et dans les TGV. Je subventionne Total et EDF, qui produit les déchets nucléaires qui seront enfouis à Bure près de l'endroit où vit une partie de ma famille. Je suis toujours empêtré dans mes contradictions, mais j'ai arrêté l'avion. Le trafic aérien, me disent les aviateurs, n'émet « que » deux pour cent du gaz à effet de serre à l'échelle mondiale. J'entends moins souvent, en revanche, que chaque année autour de cinq pour cent seulement des humains s'envolent et que quatre-vingts pour cent d'entre eux n'ont jamais tenu un *boarding pass* de leur vie. À New Delhi, j'ai lu qu'un ancien ingénieur d'Indian Airlines, Bahadur Chand Gupta, avait racheté un vieil Airbus A300 d'occasion. Pour quelques roupies, les pauvres peuvent prendre place dans la carlingue et assister aux consignes de sécurité sans que jamais l'appareil ne décolle.

Mon amie n'a rien contre le respect de l'environnement. Elle le respecte dès qu'elle en a l'occasion, elle ne polluerait jamais pour le plaisir de polluer, elle trie ses déchets et pédale avec joie sur les avenues. Mais exceptionnellement – régulièrement –, elle n'a pas le choix. Si elle veut voir les gens qu'elle aime avec le temps qui lui reste et l'éloignement qu'elle a choisi, elle doit voler. Et là c'est le match des priorités : confort *versus* respect de la Pachamama. Pour avoir assisté à un certain nombre de matchs, je peux dire que c'est presque tout le temps l'environnement qui perd. Mais voilà, ma sortie sur l'empreinte carbone des retrouvailles me range dans le camp des misanthropes, des écolos rabat-joie, dénués d'empathie. Je pourrais me dire que la façon dont elle vient ne me regarde pas, que c'est son affaire, sa conscience. Si je l'avais mise en veilleuse, on ne se serait pas fâchés.

Mais je n'arrive pas à regretter.

Je crois que ce vol n'est pas juste ton affaire, mais aussi la mienne. Parce que tu viens pour me voir, mais surtout parce que le ciel qui sera rayé une fois de plus, c'est aussi le mien. La neige qui fondra quinze jours plus tôt parce que le grand bleu est criblé de réacteurs, c'est celle des versants pyrénéens où je randonne. Alors je n'arrive pas à regretter, parce que je m'indigne de ta négligence, de la négligence ordinaire. Le silence complice me pèse. Si je le romps en parlant de la vague gigantesque qui arrive au large, je sais que tu ne le contesteras pas, mais que tu préféreras parler d'autre chose, de plus gai, te changer les idées, t'échapper. Mais comment ? À quel prix *low cost* ? Combien de coups de scie encore sur notre branche éprouvée ? La réalité, tu sais, c'est orang-outan ou Nutella, oxygène ou steak haché, éléphant ou écran géant. Pour la poignée de privilégiés que nous sommes, il est encore possible de ne pas trop sentir les conséquences de nos choix, de nos absences de choix, de prendre l'avion pour aller skier. Mais pour ces années d'irresponsabilité, nous surendettons ceux qui n'ont même pas profité de l'orgie.

Inutile de lui écrire ça... Je n'ai pas envie de rabâcher ce réquisitoire culpabilisant qui s'aplatit toujours sur le mur du déni, de radoter ces sombres augures comme le fou du village. Le message doit rester positif. Montrer que l'alternative est désirable, donner envie. À quoi bon mettre la mauvaise ambiance dans les dîners avec mes parents, s'épuiser, se fâcher ? Maintenant, je ne partage mon indignation que quand on me demande mon avis. Je n'attaque plus, je réponds. Je ne veux pas me couper des êtres aimés. Pourtant, je sens que je les perds quand même, pas à cause des discussions mais à cause des silences. À force de se taire pour ne pas froisser, on déchire. Les liens s'étiolent. Les sujets de conversation disparaissent les uns après les autres comme les fils d'une corde qui menace de se rompre, parce que l'écologie est le sujet à la racine de tous les autres. Si on casse la planète, plus rien ne marche : pas de biodiversité, pas de foot. Quand on parle voyage, je pense avions et réfugiés ; quand on parle cuisine, je pense pesticides et érosion des sols ; quand on parle boulot, je pense capitalisme et inégalités ; quand on parle technologie, je pense coltan et travail des enfants. Même quand on parle du temps qu'il fait, sujet d'ordinaire éminemment fédérateur, je ne fais que penser aux dérèglements induits par notre mode de vie : je vire gentiment monomaniaque.

Je me radicalise. Moins je participe au saccage de la planète, plus je m'en offusque. Les jours de surchauffe, avant le court-circuit, je file poser du plancher, je touche du bois. Je n'y pense plus trop, ça va mieux, ma vie redevient normale et bucolique, et le monde facilement intelligible : gagner de l'argent pour payer le loyer, poursuivre mon train-train d'écrivain photographe sur mon ordinateur avec internet. Les vaches broutent, la biodiversité bruite, les prunes poussent sur le prunier, mon téléphone capte. Il y a encore du gasoil dans les réservoirs de nos deux bagnoles partagées, et je peux encore prendre le TGV pour aller voir mes parents, qui peuvent toujours aller chez Monoprix acheter de la nourriture arrivée par camion. Rien de ce que je vois ou presque ne corrobore les sombres augures de Pablo.

Je suis rentré sans le savoir dans une zone de turbulence mentale appelée « dissonance cognitive », caractérisée par une contradiction entre ce que je sais – ma nouvelle conscience de l'effondrement – et ce que je fais – continuer à jouer avec les anciennes règles du jeu. Je suis ce type qui s'envoie des whiskys au bar du *Titanic* en train de couler en se disant que, tant que je n'ai pas d'eau jusqu'au cou, il est toujours possible que le trou dans la coque se rebouche.

Cette faculté de dissonance cognitive est bien utile à chaque retour en ville. Aujourd'hui, on va juste acheter deux ou trois bricoles et du ravitaillement dans des magasins absents par chez nous. Mais voilà, au moment de mettre le contact, je ressens une légère excitation. On va se balader, changer d'échelle et de décor. Le diesel diffuse comme un parfum de road trip. Le soleil de quatorze heures caresse la taule de la tire qui glisse sur les collines, ça s'annonce bien. Et puis, les choses commencent à se gâter. Des giratoires apparaissent comme des boutons d'acné, et puis des flèches, des couloirs de bus, des zébras, et surtout plein d'autres caisses. Tout un tas de règles du code de la route s'en prennent à notre liberté motorisée. La circulation vire erratique, saccadée, le moteur chauffe et chante faux. On veut se rapprocher du centre, mais nos tentatives sont constamment repoussées par un champ magnétique de sens interdits. Ça finit immanquablement par une barre blanche au milieu d'un rond rouge. Du rouge, il y en a aussi dans les feux, qui nous entravent sans aucune empathie. Freiner, attendre, embrayer, repartir, ralentir, freiner. Comme les vitres ne marchent pas, on ouvre les portières avant avec Élodie pour faire redescendre la pression, mais ce n'est plus le même air : c'est l'air de la ville, cet air qui salit les visages et aigrit la sueur. À seize heures douze, on est pris au piège du parking de l'animalerie, otages du flux de bagnoles qui sature la départementale. Je me vois finir mes jours au cédez-le-passage, et j'ai subitement l'impression, l'oppression, que ça fait une éternité qu'on est coincés dans la bagnole. Je suis au bout de ma vie.

Le temps file et je subis l'urbanisme. Le GPS répète comme un mantra qu'au rond-point il faut prendre la deuxième sortie, traduisant notre envie d'aller tout droit, d'aller quelque part, mais on sent bien qu'on tourne en rond comme des hamsters en cage. La zone industrielle n'en finit plus de laideur, d'entrepôts glauques et de terres arables asphyxiées sous des places de parking. Avec le plan Marshall, les États-Unis nous l'ont bien mise, en nous refourguant leur modèle de développement sauce pétrole. À force de sens interdits, de sens uniques et de sens giratoires, plus rien n'a de sens. Pour la première fois de ma vie, tout Parisien que je demeure, je saisis les angoisses urbanophobes des vieux paysans, que j'avais toujours pris pour des arriérés. Mon seuil de tolérance a été déplacé, il est plus proche du leur, plus proche du naturel.

Pourtant, j'ai quitté la ville sans rancune et, à la ferme, je suis celui qui y retourne le plus souvent.

8

Le gars a dans les quarante ans bien tapés et une bonne bouille de bébé. Sa femme l'appelle, ou sa mère, dur à dire. C'est marqué partout qu'il faut téléphoner sur les plates-formes, à côté des chiottes, mais il répond en hurlant plus fort que le train. Il raconte qu'au début il s'est trompé de wagon, puis il a paniqué pour une histoire de sac et il a dû traverser les étages pour arriver dans le bon wagon, mais maintenant ça va, il a trouvé sa place, tout le compartiment est soulagé. Son interlocutrice lui demande s'il a bien pris à manger, histoire qu'il ne meure pas de faim en restant dans son siège à regarder passer les vaches. Il dit qu'il n'a pas pris grand-chose, et au bout du fil c'est la panique. Gentilhomme, il rassure en lâchant que ça va aller, il a bien ripaillé à midi et s'est acheté des gâteaux, des bonbons et du coca, qui l'attendent tranquillement dans leurs emballages plastique. Avec toutes ces saloperies, je suis confiant qu'il arrivera à triompher de l'épreuve du train. Ce sera peut-être plus compliqué dans quelques années pour son organisme maltraité, mais il ne va pas mourir tout de suite. Madame est rassurée. Je me dis que ce type-là est loin d'imaginer ce qui nous attend avec l'effondrement sociétal de Pablo Servigne.

Le train file vers Paris. Je remonte pour Noël.

Même si tout va mal dans le monde, à la ferme, c'est le bonheur, je sens que je suis là où je dois être. Tous les voyants du tableau de bord sont éclairés en vert, sauf un. Je n'ai pas encore trouvé le moyen de faire mentir l'association d'idées entre ruralité et misère sentimentale. Pourtant, il y a tout ce qu'il faut pour s'aimer au milieu des champs. Les fêtes de brousse sont des soirées parisiennes, à quelques détails près. On y va en voiture, pleins phares. Les granges remplacent les salons, la terre battue, les parquets. On entend plus souvent la *flabuta* et le tambourin à cordes des bals trad que David Guetta, mais honnêtement c'est pas plus mal. La queue des toilettes disparaît, on pisse partout à la fraîche, sous les étoiles. Pour le reste, ce n'est pas si différent. Il y a la même proportion de gens qui ont l'air sympa, d'amantes et d'amants potentiels, de gens qui rentrent bredouilles faute de courage et de gens qui fricotent parce qu'ils ont bu.

Je rentre seul, mais j'ai passé une bonne soirée, comme d'habitude. J'ai commencé à identifier et à être identifié, c'est comme ça qu'on démarre quand le moteur social est froid. Avec les inconnus, les discussions tournent encore court. À Paris, je peux compter sur l'exotisme de ma vie à la ferme pour pimenter les mondanités, mais ici, j'ai peur d'être trop parisien. Quand je discute avec quelqu'un du coin, je suis vite à court de munitions. Il me reste à apprivoiser ce nouveau monde, à apprendre la recette de la garbure. Je bâille de mélancolie en pensant au bon vieux temps où j'étais amoureux, taraudé par une envie de couple. Ce n'est pas tant une histoire de sexe, non, mais une envie de « et », de « on », de liaison, de conjonction de coordination, de messes basses sur l'oreiller. Je ne suis pas déprimé, mais j'y pense de temps en temps.

Les copains de la ferme sont tous en couple. Christine et Christophe, Élodie et Valentin, Tom et Lulu, sont arrivés ensemble après s'être rencontrés ailleurs, par d'autres moyens que le jardinage ou l'éco-construction. Marc et Valérie ont failli se rencontrer sur internet parce qu'ils étaient tous les deux inscrits sur amourbio.com, un site où des végétariens chassent d'autres végétariens, à base de drague bienveillante et de discussions sur l'amour de la nature. Il y a un marché pour tout. C'est d'ailleurs ça qui me retient de m'inscrire, cette façon de considérer l'amour comme un produit de consommation, au moins dans la façon de le chercher. Je ne passe pas mes journées à chérir l'authenticité basse technologie de mon quotidien pour laisser un putain d'algorithme régler ma vie sentimentale. Chercher l'amour doit nécessairement être plus romantique que faire des courses, fût-ce chez Biocoop.

J'émerge de la station Ledru-Rollin rue du Faubourg-Saint-Antoine. La soirée est humide, bruyante, parisienne. Les lumières se reflètent dans les flaques, et il y a les klaxons, les scooters, les moteurs. On ne voit pas le ciel de Paris la nuit, il reste tapi dans le contre-jour des lumières. Il y a dix ans que je connais celle avec qui j'ai rendez-vous. Je la connaissais de loin et je l'avais perdue de vue avant qu'on ne se recroise par hasard dans une ferme avec des copains, puis à la maison avec des copains et à une terrasse de la rue du Faubourg-Saint-Denis, avec des copains. Ce soir, on a prévu de prendre un verre, en oubliant consciencieusement de prévenir les autres.

C'est un bar à vin aux lumières tamisées, je suis le premier. Je sors tout juste de l'hôpital, où j'ai tenu la main de ma grand-mère Rose, dans le coma. J'ai pleuré dans la salle de bains de sa chambre, qui sentait le détergent et l'hôpital. La soirée est particulière. Elle arrive, marchant d'un bon pas dans ses bottines, visage lumineux, rouge à lèvres vif, deux jolis yeux qui sourient. Le vin est bon, la musique aussi. On parle de tout et de rien, on s'écoute, on s'intéresse, on se remémore, on est souvent d'accord, on boit : c'est agréable. Elle me propose qu'on migre vers une soirée pas loin, chez une amie à elle. Rue, porte cochère, ascension de la cage d'escalier, marches en bois, palier, bouteille, sonnette. Je suis comme un poisson dans l'eau. Un groupe dans le salon, l'autre dans la cuisine, les manteaux sur le lit, les fumeurs à la fenêtre, les gens qui discutent, ceux qui s'en tiennent aux conneries que leur inspire l'ébriété, le voisin qui passe pour la musique, le pèlerinage. Je laisse sciemment filer l'heure, jusqu'au moment où le retour en banlieue sera compromis, mais je n'ai pas envie de partir trop tard ou trop ivre, pas ce soir. Elle non plus, c'est parfait. Une fois dans la rue, j'expose mon problème de transports en commun en surjouant la surprise, mais je n'ai pas tellement besoin d'insister pour qu'elle me tende la solution du petit appartement d'une copine qui lui a laissé les clés. Elle est prévoyante. Trottoir, porte cochère, escalier de service, rambarde en métal. Nous allons nous percher dans les étages, et l'ambiguïté augmente marche après marche jusqu'au climax du seuil de la porte.

Je suis descendu faire quelques récoltes pour le petit déjeuner. La rue est déjà bien réveillée. Des matins comme aujourd'hui, j'aime Paris. Je me rabiboche avec Paris. Ah ! Paris, théâtre du monde, salon de l'ivresse, bouillon Chartier. J'entends Brel, j'entends Piaf, j'entends la caissière qui me demande si je veux payer par carte. En achetant deux croissants au lieu d'un, je me demande combien d'autres heureux amants ont adressé ce merci malicieux aux boulangères de la capitale ce matin.

La bouilloire trépigne. Léa est douce comme un air de João Gilberto. On se reconnaît bien. On a reçu la même culture dans le même genre de banlieue et dans la même université. Je la comprends, elle aussi, dans une langue que je maîtrise mieux que celle des paysans de chez moi. C'est une citadine qui fréquente les bureaux et les chemins enneigés, les dîners mondains et les cabanes de bergers. Je pense avoir marqué des points avec mes histoires de ferme. Je n'ai pas pu m'empêcher de lui parler d'effondrement sociétal hier, alors que c'est franchement quitte ou double, comme sujet.

Malgré l'imminence de l'apocalypse, tout se passe plutôt bien à la ferme en ce moment, les projets fleurissent, ce qui est bon signe. Depuis qu'on a acheté notre four à bois, Christophe boulange de plus en plus et développe sa clientèle. À la fin des fournées, le premier pain encore chaud au-dessus de la caisse a une espérance de vie de quelques dizaines de minutes au maximum. Élodie se forme à l'herboristerie et aux plantes aromatiques. Elle cogite avec deux autres copines pour ouvrir un tiers-lieu où vendre des productions locales et égayer le chef-lieu du canton, qui souffre de la multiplication des distributeurs automatiques de pizzas et de pain. Valentin veut se lancer dans la production d'œufs, et il réfléchit à faire escorter ses poulettes par des vaches parce qu'il a lu un super-truc là-dessus. Valérie a commencé à animer des stages sur les histoires d'effondrement et elle écrit un livre avec Marc sur leur voyage à vélo.

Il y a quelques semaines, elle a organisé un anniversaire surprise aux petits oignons pour les cinquante ans de Marc, qui ne fête jamais son anniversaire. Il était ému de voir tous ses vieux copains habillés en noir pour l'occasion. Il y avait du bruit dans la baraque, des gens partout, c'était parfait. À la fin de la soirée, Marc a même mis quelques morceaux de la musique expérimentale qu'il est le seul à écouter. On ne l'avait jamais vu danser comme ça. On s'est bien marrés, c'était beau à voir. À la dernière réu émo, Marc, qui n'est pas du genre à s'épancher, nous a dit qu'il n'avait jamais rien vécu d'aussi riche humainement dans sa vie qu'en ce moment.

Je suis moi aussi gagné par ce sentiment de plénitude depuis que je sors avec Léa. Tout ressemble au début d'une belle histoire. On s'envoie des messages pleins de sentiments timides et on roucoule ensemble plusieurs fois par mois, à la ferme, dans les montagnes, en randonnée ou à Bordeaux, où elle finit l'École nationale de la magistrature, ce qui a rassuré mes parents, je crois. Je prends l'air. Je continue de trouver des moyens de subsistance artistiques, grâce à la presse, aux expos photos, aux ateliers, aux prestations, et j'ai même le temps d'enregistrer une série de podcasts sur la ferme. Tout se passe comme prévu, j'ai de la chance. Malgré les craintes de ma mère, qui sort son portefeuille à chaque fois qu'elle me voit, mon nouvel équilibre inclut aussi les finances.

Les travaux de l'étage avancent bien. On monte les cloisons. Une réunion a été programmée pour discuter de la répartition des chambres. Chacun a écrit trois choix sur un petit bout de papier. Quand tout le monde a fini de lire ses préférences, on était sciés : on obtiendrait tous notre premier choix. J'allais emménager dans la chambre de l'angle, plein sud, avec la vue panoramique sur les Pyrénées, le grand chêne majestueux et notre petite vallée. Avec toutes ses baies vitrées, elle me fait penser aux pièces inondées de lumière au sommet des phares. Dès qu'on a terminé la réunion, j'ai filé dans ma future chambre, à laquelle il manquait encore des morceaux de cloison, et j'ai commencé à faire des croquis d'aménagement en réfléchissant au moindre détail. Je compte en faire un paradis pour écrivain. Après neuf mois à camper dans le jardin et sur le chantier, la perspective de renouer avec un peu d'intimité ne me laisse pas indifférent.

La ferme continue sa mue. Non loin de la machine à laver à pédale, la cuisine extérieure est maintenant équipée d'une « boisinière », sorte de gazinière à bois que Marc a fabriquée en deux après-midi avec des matériaux de récupération. C'est un conduit coudé à angle droit, super-isolé, qui débouche sur une cavité dans laquelle on place les gamelles. Le bois brûle à une température tellement élevée qu'il n'y a pas de fumée. On dit que la combustion est complète. Tout y cuit du feu de Dieu avec une économie de bois déconcertante et pas une once de haute technologie. Ce septième mode de cuisson est la parade idéale au gaz et à l'absence de soleil. C'est à côté de la boisinière que nous passons de longues heures à remuer les tomates en train de devenir sauce, à alimenter le feu et à lire, bercés par le craquement des fibres du bois.

Nous ne mesurions pourtant pas très bien dans quelle mesure toutes ces inventions nous rendaient écolos. Par chance, tous les six mois environ, nous recevons la visite d'un copain qui s'occupe des questions d'énergie de la ville de Niort, grand amateur de chiffres et de bilans carbone. Pendant sa dernière visite, il s'est amusé à mesurer notre sobriété. Selon ses calculs, nous sommes juste au seuil de soutenabilité, c'est-à-dire que si tous les humains consommaient et polluaient comme nous – qui polluons autant que le Cubain moyen et six fois moins que le Français moyen –, il y aurait assez de ressources renouvelables sur terre et on arrêterait l'emballement climatique. Moi qui nous pensais bons élèves, ça m'a fait un choc d'apprendre qu'on avait seulement la moyenne en sauvetage de monde malgré tout notre extrémisme. Enfin, nous ne contribuons pas à aggraver la situation, c'est déjà ça. Nous savons à quoi ressemble une vie soutenable.

Pourtant, je sais que nous sommes un cas isolé. Si le monde doit se défaire quoi qu'il arrive, n'est-il pas vain d'essayer de le refaire sur notre colline ? Certains jours, j'ai le moral au fond des bottes. Heureusement, j'ai eu une apparition.

À l'exception de la chasse d'eau, les toilettes sèches fonctionnent de la même façon que les autres : elles constituent un moment privilégié de réflexion sur les fondamentaux. Notre petit coin est tapissé de dessins et de citations. Mon regard se fixe sur l'une d'elles : « Le pessimisme de la connaissance n'empêche pas l'optimisme de la volonté », Antonio Gramsci, communiste italien. Je me demande alors si le présage de l'effondrement avorte notre projet. Mais non.

La fin du monde malade qui a fait de nous des altermondialistes est peut-être une bonne nouvelle. Et si l'effondrement provoquait l'arrêt brutal de la surconsommation, qui endort l'humanité, la fin de la surexploitation des ressources, du productivisme aveugle, des monocultures de maïs ? Si les enseignes lumineuses de Las Vegas s'éteignaient à la place de la faune et de la flore ? Si l'effondrement signait, par la force des choses, la fin des inégalités indécentes, celle du simulacre démocratique de la représentation, l'arrêt de l'industrie du burn-out, qui a fauché ma mère, celui des frontières, criminelles, qui privent Mohamed d'une existence légale ? C'était peut-être la douche froide qui remettrait la société d'aplomb.

Notre ferme est récemment apparue sur le radar des médias. Valérie avait participé à un podcast sur l'effondrement, dans lequel elle avait parlé de leur voyage à vélo. Deux journalistes tombées dessus avaient débarqué à la ferme pour faire trois doubles pages. Les uns attirant les autres, les interviewers s'étaient succédé. Parler d'effondrement devenait à la mode, même le Premier ministre prononçait le mot dans ses pics de schizophrénie, un peu comme quand Chirac, au comble de son hypocrisie, lâchait : « La maison brûle et nous regardons ailleurs ! »

Quand M6 et TF1 nous ont contactés, c'était le dilemme. On était tous d'accord sur le fait que ces usines de désinformation aux mains des pires mafieux lobotomisaient des millions de gens en leur injectant des publicités et des programmes de merde dans le cerveau. Mais après, c'était le grand retour de la question : compromis ou compromission ? Même si on sentait que la démarche était plutôt sincère, que l'objectif n'était pas de montrer des bouseux pour faire pouffer sur les canapés, certains ont fait des moues incrédules quand on en a parlé en réunion. On avait peur qu'ils déforment et qu'ils coupent. Élodie et Valentin n'étaient pas chauds, ils n'aimaient pas les journaleux du grand capital. Ils toléraient qu'ils viennent, mais ne voulaient pas avoir affaire à eux. Ils étaient droits dans leurs bottes, ils ne copinaient pas. Pourtant, je ne pouvais pas m'empêcher de considérer cette petite ouverture médiatique comme une opportunité. Pour une fois qu'on nous tendait un micro, il fallait qu'on dise ce qu'on pense, parce que beaucoup de gens nous entendraient, et ce n'étaient pas ceux qui mangeaient à notre table. Finalement, on a décidé de tenter.

Quand les journalistes débarquent dans leur voiture de location récupérée à l'aéroport une heure plus tôt, l'ambiance est un peu tendue. On se toise les uns les autres. On veut montrer une bonne image, être sympas, et en même temps faire gaffe à ce qu'on dit devant les caméras. Même s'ils travaillent pour le diable, les types sont souvent sympathiques, touchants, et ne rentrent pas dans les cases que nous leur avions préparées, ce qui est troublant parce qu'on aimerait que les choses soient simples dans la vie, qu'il n'y ait que des gentils et des méchants, sans ambiguïté, mais non. Les journalistes ne sont en général pas super-fiers d'avoir pris l'avion pour gagner une heure quinze. On souligne gentiment que c'est insensé, ce qu'ils reconnaissent bien volontiers. J'imagine que c'est pour nous encourager à parler, mais ils sont toujours d'accord avec nous. Ils écoutent vraiment, tout les intéresse. On voit qu'ils sont d'un grand professionnalisme quand ils sortent des cubis de rouge pour détendre tout le monde. Il y en a qui font chier avec des questions nulles, du genre « Et si vous me parliez de votre reconnexion avec la nature ? », ou des mises en scène super-naturelles du style « Racontez-nous l'histoire de votre ferme avec une tête émerveillée en marchant vers la caméra sans la regarder ». Dans l'ensemble pourtant, ça ne se passe pas trop mal.

Je me marre à les voir déployer tout ce matériel hors de prix pour nous filmer en train de manger de la salade ou de désherber, sous prétexte qu'on se prépare à l'effondrement. Pour eux, on est le cas d'école, l'exemple concret, le collectif autonome et résilient. La vérité, c'est que les outils de notre autonomie ont été produits par l'industrie et que nous ne sommes pas encore sevrés de nos addictions fossiles. Tant que la facilité coule du pistolet, on triche, on utilise la tronçonneuse plutôt que le passe-partout et on passe dix fois moins de temps et d'énergie à débiter une grume. Nous nous préparons, mais nous ne savons pas plus que d'autres à quoi ressemblera l'effondrement, ni combien de temps il prendra, ni s'il y aura un grand soir.

Nous pensons qu'il a commencé pour les oiseaux, les insectes, la biodiversité, les ours polaires, pour Mohamed et tous ceux qui en subissent déjà les conséquences indirectes et atteignent nos frontières de déni. En France, cependant, l'effondrement n'a pas atteint nos cuisines, nos réservoirs ou nos sens. Ou si peu. Quelques tomates insipides, quelques cabanes sur les ronds-points, quelques animaux en moins et quelques degrés de plus. Comme une fièvre passagère. L'effondrement n'atteint pas les consciences tant qu'il n'atteint pas les corps. Depuis que nous sommes à demi conscients et que nous avons dépassé l'état de sidération, cette perspective charrie son pesant d'espoir. L'idée de l'effondrement nous conforte dans ce que nous accomplissons au quotidien, dans notre quête pratico-poétique. Je pense que nous sommes, tous à notre manière, portés par ce sentiment de construire une vie qui serait possible dans l'au-delà thermo-industriel.

Les cloisons et les portes sont montées, le plancher est balayé, j'ai installé un bureau, une chaise, un matelas et une lampe de chevet à même le sol. C'est le premier soir où je dors dans ma nouvelle chambre. J'ai invité tout le monde pour leur faire écouter le dernier épisode de mon podcast sur notre histoire d'éclaireurs. Cette belle histoire.

9

« Départ. » Dans un mélange de colère et de soulagement, Christophe a dit « départ ». Il a jeté ce mot, qui a rebondi entre les quatre murs du salon. L'ampoule basse consommation tente en vain de réveiller le vert défraîchi de la peinture au plomb. Il est vingt heures trente, le coup est parti, le fond de l'air est sec. Depuis quelques semaines, Christine et Christophe sont de plus en plus barbés en réunion. Ils font des têtes d'enfants punis et ne sortent du silence que si on leur demande leur avis. Valérie a son air sombre des jours sans, nombreux ces temps-ci et dont les causes me semblent insolubles. Marc a caché son visage derrière ses lunettes. Je demande si c'est une décision définitive, et Christine me dit qu'ils ont déjà un plan B. C'est plié.

Christine et Christophe se barrent parce qu'ils n'en peuvent plus de la vie en collectif malgré toute l'affection qu'ils nous portent. Malgré ce que j'ai écrit, les petits tracas quotidiens ont emporté le reste. Christophe a l'impression de subir tout un tas de règles qui l'emmerdent profondément, et il sent bien que certains s'agacent du fait qu'il ne les respecte pas. Christine ajoute qu'elle ne souhaite plus cohabiter avec Marc. En trois ans, ils ont tout juste réussi à faire que leurs divergences ne tournent pas au conflit. Ils ont appris l'un de l'autre, mais n'ont développé aucune amitié. Il la trouve bordélique et elle le trouve froid. Marc reste stoïque. Christophe monte le ton et le prend à partie : « Hein, bah vas-y, parle ! C'est quoi le problème ? » Comme on le sent prendre ses distances avec le cadre de sécurité et la communication non violente, les autres essaient de calmer le jeu.

Marc attend le point suivant pour sortir de son mutisme et lâche : « Valérie me quitte. » Sidération, deuxième service. Valérie fait l'étonnée, elle nuance, elle ne pensait pas que ses sommations arriveraient en place publique. Je joue des sourcils. C'est *les Feux de l'amour,* aujourd'hui, je me demande à quel moment ils envoient le générique de fin, parce que j'ai mon compte. On sort, ceux qui fument vont fumer, aujourd'hui je fume.

Les autres sont affectés, mais prennent la nouvelle avec philosophie. Pour moi, c'est un séisme. L'arroseur arrosé, le collectif qui se préparait à l'effondrement s'effondre. Un an après être venus me chercher de l'autre côté de la barrière du péage, les doyens s'en vont. Ils n'ont pas trouvé leur compte sur nos neuf hectares de joie. Ils préfèrent vivre seuls, comme tout le monde, abandonner le navire. La malédiction du facteur humain ne nous a pas épargnés, nous n'avons pas su tromper le destin. Je suis déçu comme un gosse. Le père Noël n'existe plus. Les réunions émotionnelles ne peuvent pas tout résoudre. Je prends une énième leçon sur la volatilité de tout, sur la finitude des pages.

Je vais aux poules. Je regarde leurs pattes qui se referment et se redéploient à chaque pas, leur plumage noir aux reflets bleus, leur œil maquillé de rouge, toujours vif, leur enclos. Elles ont plus de mètres carrés pour gambader que les poulets en batterie, mais font quand même l'objet de mesures privatives de liberté. Pourtant, elles semblent s'en accommoder sans rechigner. Elles ont intégré les règles du jeu et elles n'y pensent plus. Tous les soirs, le groupe rentre rituellement se percher dans le poulailler, chacun à sa place. Le coq et ses favorites sur le perchoir du haut. Elles pondent, sortent le matin becter leur ration de grains dans la mangeoire, boivent leurs gorgées dans la bassine, gambadent, grattent, chantent. Les poules ne cherchent pas à avoir mieux, à s'échapper. Elles sont peut-être instinctivement dans ce que les grands maîtres appellent la pleine conscience : là, concentrées sur le moment présent, dans le kif. Est-ce l'absence de choix qui les pousse à réussir à vivre en collectif ?

On se réorganise, on redistribue les références : Tom reprend le pain, Valentin reprend les abeilles, Élodie, les plantes aromatiques, Valérie s'occupe des voitures. Le départ de Christine et de Christophe n'est pas un échec, c'est juste une oscillation de ce que je me figurais naïvement comme robuste et immuable. Les gens peuvent partir, en avoir marre de soumettre leurs choix à l'avis du groupe, vouloir renouer avec l'autre liberté, celle où on décide seul, chez soi, où on mange et où on range quand on veut. Christine avait bien résumé la question du collectif à un journaliste : « L'avantage, c'est qu'on n'est jamais seuls, et le problème, c'est qu'on n'est jamais seuls. » Cette phrase résonne dans ma tête.

Il y a un équilibre à trouver entre collectif et vie privée, parce que le premier est insatiable et peut engloutir la seconde. Une ferme regorge de tâches qui repoussent sans fin, comme le chiendent du potager. Le collectif peut virer à l'entreprise, transformer les gens en collègues, confisquer leur spontanéité. Le cadre inertiel, codifié et rigide des réunions peut briser le charme des relations, les mettre en cage. Avec Marc, nous avons paradoxalement besoin de pétrole pour mieux nous connaître. C'est quand on se retrouve dans le huis clos d'une voiture pour aller faire des courses qu'on parle de notre famille, de notre passé, de nos sentiments. À la ferme, on ne se parle souvent que de travaux, d'organisation et de mails. Je reprends conscience que les liens fonctionnels ne suffisent pas à tenir un groupe dépourvu de liens affectifs. Nous avons trop besoin de bavarder, de traîner, d'être improductifs, de dire n'importe quoi, de nous promener, de partir, de décrocher, sinon on suffoque et on devient dingues.

Avec Léa, nous partons régulièrement refroidir le moteur. Cet été, nous sommes au nord-ouest de l'Écosse. C'est une terre sauvage constellée de lochs nacrés, de bruyères et de cailloux, de vieilles montagnes suintant de ruisseaux couleur single malt. Tout ça pour nous tout seuls, en plein mois d'août. Le secret de ce paradis sauvage préservé de toute affluence est une certaine rudesse. La steppe infinie des Highlands, avec ses airs de pelouse de golf négligée, est en réalité une vaste éponge, un marécage ivre de pluie fouetté par le vent. Nous marchons sur l'eau. La tourbe est fourbe, crevassée, et elle grouille de *midges,* petits cousins des moustiques, amateurs de mauvaise météo et d'épiderme. Nous avons un mois pour nous saouler de paysages.

Sur l'île de Lewis, on se pose quelques jours dans l'airbnb d'un type vaguement musicien qui aime faire de la moto, picoler et raconter sa vie aux gens. Il y a le wifi. Je n'ai pas ouvert ma boîte mail depuis deux bonnes semaines. Elle déborde de tout un tas de trucs plus ou moins inintéressants. Dans le tas, un mail de Valentin a pour objet « Pavé dans la mare ». Je lis les premières lignes, et je comprends très vite qu'un autre séisme va atteindre le nord de l'Écosse. Ils sont partis à vélo et ils ont réfléchi en pédalant. En rentrant, ils ont vidé leur sac de songes en réu émo. Ils partent. Les événements me téléportent de l'Écosse à notre colline. L'histoire se répète, mes potes s'en vont.

On sort se promener, le ciel est blanc, les couleurs sont pâles et britanniques, le vent fouette. La plage est vaste et accidentée, pas question de se baigner, comme d'habitude. J'en ai touché quelques mots à Léa, qui me pose plus de questions que je n'ai de réponses. Elle les aime bien aussi, elle caresse mon dos de petites attentions réconfortantes. Je ne suis pas triste, je suis en colère. Ils quittent le navire, eux aussi, ils désertent. Fait chier ! Pourquoi ? L'hémorragie continue. On ne pourrait pas essayer d'être heureux, putain de merde ? d'y mettre du nôtre pour que ça marche ? Pourquoi ils baissent tous les bras les uns après les autres alors que ce qu'on construit ensemble est beau ? Je sens comme un vide autour de moi. Toutes les certitudes que je me suis construites à la ferme vacillent. Je me sens complètement à côté de la plaque, comme s'il y avait un problème dans ce collectif et que j'étais trop naïf pour le voir.

Nous faisons fausse route. La digue de galets sur laquelle nous marchons depuis vingt minutes est fendue par une rivière en son milieu. On doit faire demi-tour et reprendre le chemin dont on voulait s'éloigner, revenir en arrière, faire comme tout le monde. On croise un couple avec un chien qui se promène vers la plage. Valentin écrit qu'ils sont partis pour quatre raisons. Premièrement, parce que leur Anjou natal leur manque, leurs familles, leurs amis, ce qu'ils y ont laissé. Deuxièmement, ils se sentent chez Marc à la ferme, parce que c'est lui qui a écrit la charte, lui qui a mis la thune, lui qui s'y investit plus que n'importe qui d'autre, et lui qui prend la plus grande place, sans la demander. Valentin espère se tromper, mais il pense que des gens viendront et partiront continuellement, et que Marc restera le seul pilier fixe. Troisièmement, il parle du rythme, le rythme du collectif dont on est tous responsables mais qu'on finit par subir. Lui et Élodie ont envie de reprendre le contrôle de leur agenda, de décider du « quand ». Quatrièmement, ils ont l'impression de s'éco-construire une tour d'ivoire coupée du monde, ce qui ne colle plus avec leur idéal de punk à chiens zadistes.

Quand Valentin est venu me chercher à la gare, à mon retour d'Écosse, j'ai senti qu'il critiquait plus ouvertement la ferme, qu'il s'en était désolidarisé. Je comprenais. Quand on a pris une décision, il faut se construire le maximum de vérités pour étayer son choix. Je fais pareil. Au coin fumeurs, on a discuté de leurs projets, mais j'avais du mal à jouer l'enthousiasme parce que je n'arrivais pas à me défaire de ma déception.

Un matin d'octobre, c'est le départ. Il y a de la buée sur les vitres de la serre bioclimatique et les phares de leur bagnole font des gros halos de lumière à travers les carreaux. Le ciel de l'aube hésite entre le gris et le bleu foncé. Il fait froid, on expire de la vapeur. Valentin ferme le coffre, c'est l'heure. On se fait de longues accolades, je me prépare à agiter les mains, à ce qu'ils disparaissent dans le tournant du chemin, mais la voiture ne démarre pas. Ils sont restés un jour de plus, le temps des réparations. Le départ était un peu raté, comme si on avait déchiré la dernière page, mais peu importe.

Quand ils sont partis, je me suis dit que les prochains c'étaient Tom et Lulu. Valentin et Élodie comptaient beaucoup pour eux à la ferme, ils étaient un exemple qu'ils avaient de fortes chances de suivre. En attendant, Tom et Lulu continuent leurs expérimentations dans le jardin, des pompons pourpres d'amarante ont jailli sur la parcelle du fond. Le jardin est luxuriant ou anarchique. On ne sait plus toujours où marcher. Certains légumes se perdent sous les herbes et ne sont pas récoltés, d'autres montent en graine. Tom est toujours aussi impressionnant par le nombre de choses qu'il est capable de raconter sur le jardin. Il est dans les forêts comestibles multistrates, les associations, les plantes compagnes. Son ambition dépasse les cultures annuelles du potager, dont il se désintéresse presque. Avec Lulu, ils ont un amour inconditionnel pour chaque plante du terrain. Ils tressent les ronces au lieu de les arracher, bouturent le moindre arbuste. Ils mettaient plein de fleurs et de plantes inconnues dans les salades sous prétexte que tout se mange, ils ont leur poésie propre. Malgré le bordel apparent, le jardin produit, l'armoire se remplit de conserves. Ils courent partout, tout le temps, mais ne baissent jamais les bras. Et le pain, en plus. Tom expérimente de nouvelles recettes, voudrait commencer une activité, faire les livraisons à vélo, mais même avec l'aide de Lulu ils ont du mal à tout faire rentrer dans leurs journées. Le surmenage entraîne quelques loupés compréhensibles. Ils fument pas mal d'herbe. Tom dit que fumer l'aide pour tenir la pression.

Avec Marc, les pétards, ça ne passe pas. Il a eu dans sa vie de mauvaises expériences avec des toxicos, et il n'est pas prêt à négocier. Pas de fumeurs de joints, c'est marqué noir sur blanc dans le règlement intérieur. Sauf que le monde ne marche pas qu'avec des règlements intérieurs, ce serait trop simple. Marc met tout un tas de problèmes sur le compte des pétards. Tom et Lulu, se sentant mis sous pression, en fument de plus en plus.

Ce qui devait arriver arriva : ayant atteint le bout de leurs économies sans avoir commencé les activités rentables dont ils parlaient, ils ont annoncé qu'ils partaient au milieu de l'automne 2019. Cette fois-ci, je m'étais fait à l'idée que les gens partent, que le collectif se désagrège. J'étais triste parce que je me rendais compte que malgré l'année passée à vivre sous la même charpente je connaissais peu Tom et Lulu, juste assez pour être attaché à leur présence, à quelques habitudes de cohabitation. Leur départ n'a pas été immédiat : ils ne s'étaient pas trop organisés, comme d'habitude.

Les discussions à table ressemblent de plus en plus à des excroissances de réunions qui étouffent les conversations. On ne parle plus de tout et de rien, de culture, d'histoire, de toutes ces choses qui dépassent le quotidien et nourrissent l'âme. Les invités écoutent sans pouvoir participer. Mohamed quitte la table dès qu'il a fini son assiette, de plus en plus ponctuel pour la prière. Il vient moins depuis quelque temps. Il me dit que c'est parce qu'il a ses cours de français, le foot avec ses potes. Je me demande ce qu'il y a pour lui ici, en fin de compte. Des travaux agricoles non payés, les mêmes qu'il se coltinait, enfant, au Soudan, un lit superposé dans un dortoir, une assiette, des gens qui rient moins. Lui qui a été bien plus écolo que nous tous dans sa vie n'est pas spécialement excité par l'horizon de la décroissance. On continue de s'écrire, de prendre des nouvelles, je suis passé quelquefois le voir à Pau.

Même Noé est parti de la ferme. Il a finalement repris sa scolarité et il est interne pendant la semaine. Même si ça n'a pas été facile au début, j'ai l'impression que ça lui a fait un bien fou. Quand il revient à la ferme le week-end, c'est un autre ado, il mûrit à vue d'œil. Il m'a dit un peu fier qu'il était dans les premiers de la classe, il a hâte de faire des stages. Je suis content pour lui.

Parmi toutes les questions que je me suis posées ces derniers temps, forcément, il y a eu celle de rester ou de mettre les voiles, comme les copains. Alors je m'imagine partir, refermer pour toujours la porte de ma chambre panoramique et la porte de cette maison que je participe à construire depuis bientôt deux ans, mais après mon imagination tombe en panne. Partir pour faire quoi, vivre quoi, de quoi, comment ? Repasser une nouvelle fois par la case parents, ville, chasse d'eau, bureau, supermarché ou même voyage ne me dit rien. Le survol a fait son temps. J'ai l'appétit d'aller au fond des choses. J'ai trouvé la façon dont je veux vivre, un endroit où je me sens à ma place, où j'ai encore des choses à faire et à apprendre. Je n'ai pas envie de faire comme les autres et de partir, je veux continuer à narguer le destin, je ne me rendrai pas. Je vais me cramponner pour que cette ferme marche, dure, qu'on devienne de plus en plus résilients, qu'on continue d'embarquer des gens dans ce sillon si sensé.

Moi qui suis le plus furtif des habitants, en vadrouille professionnelle ou sentimentale une semaine par mois au minimum, je vais devenir par la force des choses un pilier du collectif. C'est le bon moment d'y aller pleine balle, de réaliser mon envie de mettre les deux bottes dans le jardin et les deux mains dans le pétrin, de reprendre le flambeau du potager et de la boulangerie.

La ferme, saison deux.

10

Mardi matin, huit heures trente, réunion, tour de météo. J'annonce que je compte reprendre le potager et faire le pain pour la ferme. Je sens un peu de surprise. Marc trouve ça chouette, Valérie m'adresse un sourire plus dubitatif. Je ne sais pas encore très bien de quoi je parle, mais je vais le faire, c'est tout. Le plus important, c'est de sauter. Ensuite on n'a pas le choix, il faut bien nager.

D'abord, je passe un mois à parcourir des manuels sur le jardin. Je ne lis jamais de manuels parce que je préfère la littérature et les histoires, mais il s'agit de rentrer dans le concret, de déblayer pour entrevoir les possibles et le chemin qui m'attend, d'avoir quelques billes avant de foncer bille en tête.

Je regarde le champ d'un air solennel. J'ai un trou à la botte droite, ma chaussette se mouille. Ces trois mille mètres carrés sont cultivés depuis trois ans. De la saison dernière, il ne reste que deux planches de poireaux rescapées de l'hiver, comme une île au milieu de l'étendue enherbée. La première chose que je dois décider, c'est le temps que je veux consacrer à ce potager : mes après-midi, pas plus. J'essaie de me souvenir de ce qui était cultivé avant par Christine, Valentin et Élodie, Tom et Lulu, et le temps qu'ils y passaient, de leur organisation, de la production qui en résultait. Je vais partir sur plus petit. Je n'ai pas l'ambition de vendre quoi que ce soit, seulement celle de nourrir en légumes les habitants de la ferme une bonne partie de l'année.

Il faut que le potager soit simple, basique, tenu, intelligible pour que d'autres puissent y travailler. En contrebas de l'allée centrale, une vingtaine de planches de culture semblent moins enherbées, moins colonisées par le chiendent, la potentille et le rumex. On distingue encore les restes du paillage, et avec eux la promesse d'une terre plus meuble. Ce sera là. Je voulais déplacer le potager plus près de la maison, mais la zone est couverte de ronces : il y en a pour des journées à tout défricher au croissant, à la faux, à la main, pour ce qui est de la surface, et des journées encore de bêche, de grelinette et peut-être même de pioche pour sortir les rhizomes. Il faudra ensuite des semaines pour constituer les buttes nécessaires au drainage. On y mettra des patates pour nettoyer la première année, et des légumes la saison prochaine.

Damien, un ami de la ferme qui aime parler, notamment de permaculture, m'aide pour le début. Il m'a envoyé un tableau avec les quantités moyennes produites par pied de légume et une estimation des besoins par personne et par an. J'en déduis qu'il est théoriquement possible de rassasier, en légumes et en patates, huit estomacs en moyenne avec six cents mètres carrés. Je ne sais pas si j'arriverai à n'y consacrer que mes après-midi. Tous ces ordres de grandeur me dépassent, et je n'aurai mes réponses qu'à la fin de la saison.

J'appelle Damien pour lui dire que j'ai fini mes devoirs et délimité mes six cents mètres carrés de terrain de jeu : deux cents pour les serres, deux cents pour les patates et deux cents pour le plein champ. Quand il me demande ce que je veux y planter, dans ma tête je pense : des légumes. Il me dit qu'il faut faire un plan de rotation des cultures sur cinq ans, selon les familles et les types de légumes, et je ne sais plus quoi. Je panique, je lui dis que je le rappelle. J'écris dans la barre de recherche « potager légumes simples à cultiver » et je clique sur le premier résultat « les douze espèces de légumes les plus faciles à cultiver ». J'ajoute deux ou trois trucs que j'aime vraiment bien, comme les aubergines, et je rappelle Damien pour lui lire la liste que j'ai sous les yeux.

Les zones d'ombre disparaissent les unes après les autres. Selon les familles et les types de légumes, les plantes prélèvent certains éléments dans le sol. La rotation permet de ne pas épuiser le sol, voire de le régénérer, et de limiter les maladies. Damien prend un crayon et commence à griffonner le schéma du jardin sur une vieille enveloppe : « Vingt planches, donc deux fois dix. On divise en deux, ça fait cinq et cinq, comme les cinq années de la durée de rotation. On va partir là-dessus. » Il fait quatre colonnes pour les saisons et commence à réfléchir à quel légume succéderait à tel autre, saison après saison. Il ajoute quelques trucs, comme les petits pois ou le maïs, parce que leurs familles sont sous-représentées. Damien s'éclate avec ce genre de gymnastique mentale. À côté, je note tout plein de trucs dans mon cahier. J'apprends cinq fondamentaux à la seconde, et rentre plein d'excitation dans le vif du sujet jardin.

Je recopie le plan de Damien sur Excel et mets tout un tas de couleurs et de polices différentes selon que c'est un légume-feuilles, -racines, -fleurs ou -fruits, et selon que la plante est une fabacée, une solanacée, une amarantacée, une amaryllidacée, une cucurbitacée, une brassicacée, une astéracée, etc. Nouvelle langue. Je continue l'enquête avec des tableaux sur l'espacement des pieds, et en déduis le nombre de graines à acheter. L'aboutissement de toute cette phase théorique est la commande chez le semencier. Un matin de janvier, je valide le panier, clique sur « payer », saisis un à un les chiffres de ma carte de crédit, le cryptogramme visuel, et franchis le point de non-retour.

Depuis qu'on n'est plus que trois adultes et un adolescent, on s'est remis à chercher des habitants pour repeupler le collectif, parce que trois ce n'est pas énorme pour atteindre la résilience dans une ferme et gérer tout ce qu'il y a à gérer. Je pense qu'on n'aura aucun mal à trouver des candidats, parce que la ferme continue d'attirer un tas de monde et que notre solution existentielle est dans l'air du temps. Nous recevons chaque semaine plusieurs messages comme celui de Denis, le 25 février à dix-sept heures quinze.

> Bonjour,
> Je suis résidant de la banlieue bordelaise. J'ai 48 ans et suis marié et père d'une enfant de 10 ans.
> J'ai vécu dans ma jeunesse en contact avec la terre et la campagne jusqu'à l'âge de 24 ans.
> Au sortir du service militaire, j'ai habité dans une ferme bio pendant trois ans et y ai passé les années les plus paisibles de ma vie. La vie est austère et parfois rude, mais on y est bien et en harmonie.
> Puis les chemins que j'ai empruntés m'ont éloigné de ce cadre et ramené vers Bordeaux, où je vis avec ma compagne depuis 1996. Nous nous aimons et avons eu notre fille.
> Je travaille dans un magasin d'assemblage informatique, ma femme dans l'insertion professionnelle. Notre fille est scolarisée en primaire.
> Aujourd'hui, je considère que ma vie tourne en rond. C'est le bonheur dans mon couple et ma famille, mais le sens même de mon cadre de vie, de mon activité me semble toxique et sans utilité. Je peux aujourd'hui affirmer que je déteste la ville.
> Jusqu'à peu, ma compagne ne se projetait pas dans un changement de vie. En effet, de quoi vivre ? Où se loger ? Où se soigner ? Elle était et demeure assez citadine, mais

change assez vite. Nous nous préoccupons de l'écologie à notre échelle. Nous avons un jardin, des poules, faisons attention à notre empreinte écologique autant que nous le pouvons.
Aujourd'hui, nous voulons faire le premier pas vers la constitution d'un nouveau projet de vie et de retour à la nature.
Cet été, nous avons décidé de profiter de nos congés payés pour rencontrer et échanger avec des personnes ayant fait ce choix. Nous avons besoin de conseils.
Seriez-vous disposé à ce que nous vous rencontrions ?
Merci d'avoir accordé ce temps à me lire.
Amicalement.

Je ne me lasse pas de lire ces messages, parce qu'ils me donnent un espoir fou. Même si les histoires changent, ces inconnus racontent tous un peu les mêmes trucs que j'ai moi aussi racontés avant de débarquer à la ferme. Ils ont le cœur entre deux vies, besoin de se reconnecter à la nature, de mettre les mains dans la terre, viennent de démissionner, rentrent d'un voyage initiatique, sont fâchés avec le capitalisme, s'ennuient en ville ou voudraient faire un tour de France des écolieux dans un camion aménagé pour réaliser une série documentaire.

À regarder le monde depuis la ferme, on pourrait croire qu'un sursaut massif est en train de se produire et que la France refait la révolution. Pourtant, je sais que tous ces éco-lurons ne représentent qu'un infime pourcentage de mes concitoyens. Tous les jours, nous consacrons du temps à remercier pour les messages, à répondre aux questions, à dire qu'on organise des journées portes ouvertes, des stages, qu'on accueille des woofeurs, qu'on cherche des habitants.

J'ai été nommé DRH, responsable du recrutement des nouveaux. Sur tous les gens qui écrivent, appellent, relativement peu arrivent jusqu'à la ferme. Souvent, ils passent voir, prennent de l'inspiration pour le lieu qu'ils aimeraient créer, eux, ou font leur petite étude de marché des écolieux avant de s'installer, et c'est bien normal. La première qu'on reçoit s'appelle Rachelle. Elle me parle d'aller tous ensemble travailler la terre et cueillir des fleurs pour mettre sur la table. Elle a dans les cinquante ans et a travaillé dans le nettoyage. Elle bloque sur les toilettes sèches, elle trouve vraiment sale de faire caca sur le caca des autres, elle aimerait qu'on ait chacun notre seau. À la fin de la discussion, j'ai su que ce ne serait pas Rachelle. C'est dur de se projeter à chaque fois, de faire comme si c'était la bonne personne, avec toute la disponibilité émotionnelle que ça implique, pour finalement se dire que non.

Le lendemain, Céline est arrivée. Elle sort d'une formation agricole avec un business plan en béton biodégradable, elle est super-enthousiaste, voyageuse… on s'y voit. Après le premier week-end, elle revient pour un mois et me donne un grand coup de main dans le jardin. Je ne sais pas ce que j'aurais fait sans elle au début. C'est une de ces personnes qui disent toujours « mais oui, ça va aller, il n'y a pas de problème », même quand il y a une tuile. Faire le jardin avec Céline est plus rassurant que de regarder des tutoriels de mecs qui conseillent de faire analyser son sol en laboratoire pour corriger son pH, sa composition chimique et je ne sais pas quoi pour atteindre les conditions idéales sans lesquelles on a l'impression que rien ne poussera.

Aujourd'hui, c'est mon premier semis en plaque alvéolée, et j'ai l'impression de faire de la sorcellerie. Concrètement, je dépose un ridicule petit morceau de monde qui s'appelle une graine sur un autre petit amas de monde qui s'appelle de la terre. Je borde la graine avec mon index et je mets de l'eau par-dessus. Il me semble illusoire de croire que quoi que ce soit va se produire des suites d'un acte aussi anodin, que ce petit truc microscopique donnera dans quelques semaines une pomme de laitue plus grande que cette énorme main qui l'a déposée là. J'ai le cœur qui bat en me demandant si je n'ai pas oublié quelque chose d'essentiel, quelque chose qui n'est pas mentionné dans les tutoriels ni dans les livres tellement ce serait évident.

Quand je sème une graine, je deviens son papa : « Est-ce que je l'ai bien mis au monde dans son terreau ? Est-ce qu'elle n'a pas trop froid ? Est-ce qu'elle a assez d'eau ? » Elle qui est si fragile… « Est-ce que j'ai bien tassé la terre et assez enfoncé la graine ? Ou pas assez ? » En fin de compte, ça ne doit pas être mal parce que, dans la majorité des cas, le miracle se produit. À la faveur de quelques gouttes d'eau qui pénètrent sous la couverture de terre, la graine de tomate se réveille de sa dormance comme Blanche-Neige embrassée par le prince. La terre se soulève et s'écarte pour accoucher d'une tige repliée qui sort et se redresse. Deux cotylédons s'élancent vers le ciel, attachés par ce qui reste de la graine comme les mains jointes d'un plongeur, puis l'enveloppe de la graine se détache, libérant les cotylédons qui déploient comme des ailes leurs petits panneaux solaires et commencent leur photosynthèse, bientôt suivis par les feuilles vraies et odorantes poussant sur leur tige mauve et duvetée. Les semis de tomates et d'aubergines dorment au chaud dans ma chambre, mais je devrai bientôt les habituer au-dehors.

La nuit, je rêve des plants. Je me fais du souci pour les patates, qui ne sont pas encore sorties. Je me demande si les tubercules étaient trop longs, si la récolte sera mauvaise, si on a passé tout ce temps à faire toutes ces buttes pour qu'au final rien ne pousse. Dans mon lit le soir, je pense aux fèves de la planche numéro 16 : « Est-ce que le traitement contre les pucerons a été efficace ? Est-ce qu'elles sont aussi bien dehors dans le froid que moi sous ma couverture ? Et est-ce que les tomates ont assez chaud sous la couverture dont je les ai recouvertes ou est-ce que je retrouverai leurs feuilles pâlottes et flétries demain au réveil ? Est-ce que je me sentirai impuissant, ignorant, inconscient devant le désastre ? »

Mohamed est de retour au jardin. Il vient une fois par mois et reste une bonne semaine. Sa situation administrative s'est dégradée. Toutes ses demandes d'asile et tous ses recours ont été rejetés au prétexte d'une imprécision sur la situation géographique de son village natal au Darfour. Ce malentendu rend son histoire potentiellement fausse aux yeux de l'administration, et fait de lui un migrant illégitime venu pour profiter des bonnes grâces de la France. Il a reçu une OQTF, c'est-à-dire une lettre d'obligation de quitter le territoire français, assortie d'une fin de droits au logement et à l'aide financière. S'il est arrêté par la police française, il risque la détention administrative et l'aller simple vers les représailles de la police soudanaise. Il peut encore compter sur les copains de Pau, mais ses conditions d'existence sont devenues salement précaires. Alors on a réfléchi. On allait conclure sur une mise en relation avec la Cimade ou Emmaüs, mais je me suis dit qu'on était les Français de qui il était le plus proche et que si quelqu'un devait faire quelque chose, c'était nous, pas les éventuels autres. Je suis responsable de mon pote, et il n'est pas question de rester à subir en se contentant de dire que le monde est injuste.

Après quelques coups de fil, Léa a conclu que c'était mort pour la demande d'asile, mais qu'il pourrait faire une demande de titre de séjour après cinq ans en France en prouvant qu'il avait travaillé, ce qui par ailleurs lui était interdit. On a réfléchi en réunion. Marc pouvait l'embaucher sur un chantier pendant quelques mois. De mon côté, les revenus artistiques qui me suffisaient pour vivre à la ferme me plaçaient sous le seuil de pauvreté et me rendaient éligible aux minima sociaux. Je pouvais aider le pays des droits de l'homme à tenir sa promesse. On a commencé à faire des chèques emploi-service à Mohamed pour les coups de main qu'il donnait sur le chantier et dans le jardin. Quand j'arrive à désherber deux planches en une aprème, Mohamed en a fait quatre en continuant à se marrer avec Abdallah par téléphone. Je suis content qu'il soit de retour et qu'il aille mieux.

Malgré tous nos espoirs, Céline ne restera pas : pas assez d'eau pour son projet agricole, elle a refait les calculs trois fois. Il y a Silvère, qui est passé aussi. Un mec brillant, bosseur, à l'écoute, posé, curieux, sympa. Je sens qu'il pourrait vite devenir un pote, mais il n'a pas encore fini d'explorer et de réfléchir. Je le raccompagne au péage de la sortie numéro neuf. Il va me manquer. J'ai l'impression que la ferme intéresse, attire, mais qu'elle ne change pas la trajectoire des gens, qu'elle ne suscite pas de coup de foudre. Comme si notre lieu avait une feuille de salade entre les dents et qu'il y avait trop de politesse en face pour dire quoi que ce soit. À chaque installation manquée, c'est le doute qui s'installe à la place.

11

Je vais passer quelques jours dans le Nord, ma grand-mère Yvonne ne va pas bien. On s'était vus à Noël, elle déclinait, mais rien d'anormal pour une femme de quatre-vingt-dix-huit ans. Ma cousine Marianne m'avait appelé un peu tard un soir de début janvier. Ils étaient tous à l'hôpital de Bar-le-Duc. Elle m'avait demandé si je voulais dire *quelques* mots à mamy, ce qui voulait dire probablement les derniers. On avait essayé de jouer à tout va bien, mais ça sonnait faux. L'écran montrait des sourires affligés, fantoches. J'entendais ma grand-mère tousser. Tous ceux qui avaient pu venir étaient venus. Mon père balançait des blagues pour se défendre, comme d'habitude. Marianne avait tourné le téléphone vers ma grand-mère, qui m'avait reconnu. Elle était livide, la bouche grande ouverte, l'œil plein d'une peur d'enfant. J'avais machinalement cherché à la rassurer, à lui dire que tout allait bien se passer, qu'il fallait qu'elle se repose, comme si elle allait se réveiller, avoir vingt ans et marcher sans déambulateur. Elle avait essayé de me dire des mots à travers l'écran, elle les avait arrachés à son corps qui ne voulait plus parler : « Petit Clem… ». Les autres peinaient à déchiffrer. Je ne savais pas quoi dire, c'était peut-être les derniers mots que je pouvais donner à cette vieille dame pour qui j'avais tant d'amour, mais je n'avais pas su quoi dire de plus que « Je t'aime ». Après avoir raccroché, je me demandais à chaque bouffée d'oxygène que je prenais si elle respirait aussi.

J'avais rappelé mon père. Il était seul avec sa mère endormie. Sa voix ne tremblait pas, contrairement à la mienne. Il avait dit que c'était prévisible, à cet âge-là… Il m'avait servi les mêmes généralités, qui sont des généralités parce qu'elles sont vraies. Mais il n'avait pas bronché. Il avait fait la route depuis Paris, il était arrivé tard. Il faisait ce qu'il y a à faire. Je n'ai jamais vu pleurer mon père. Il m'avait dit que dans quelques dizaines d'années ce serait son tour si tout allait bien. « Et le mien après », avais-je pensé. La mort rappelle l'urgence de vivre. Pas de vivre à moitié en faisant des choses à la con par devoir ou par convention sociale, non, de vivre comme dans la chanson de Serge Reggiani. C'est ça, le message des morts : donnez tout ce que votre cœur peut donner, criez tout ce que votre voix peut crier, chantez, dansez, vivez comme des fous tant qu'il en est encore temps. J'étais dans ce genre de phase lyrique. Je m'étais demandé si je vivais pleinement. J'avais éteint la lumière, embrassé l'épaule de Léa, mais je n'avais pas fermé l'œil tout de suite.

Ma grand-mère n'était pas morte le lendemain, ni la semaine suivante, ni celle d'après. Elle s'accrochait à la vie, et je la reconnaissais bien là.

Le 20 janvier, quand j'ai débarqué dans la chambre 123 du bâtiment de gériatrie de l'hôpital de Bar-le-Duc, ma grand-mère respirait encore. À dix-huit heures cinq, elle respirait encore, difficilement. À dix-huit heures six, elle ne respirait plus du tout. Comme si le bonheur de nous voir tous auprès d'elle l'avait finalement emportée. Morte de bonheur. Je lui suis reconnaissant de m'avoir laissé une petite dernière heure. On s'est pris les mains, j'ai senti son front chaud, j'ai caressé ses cheveux, qui tenaient encore bon sur sa caboche solide. Elle sentait bon, elle ne sentait pas la petite vieille en train de mourir. Elle m'a dit qu'elle avait des attaques, qu'elle avait chaud, qu'elle avait froid, et elle a essayé de dire beaucoup d'autres choses. Les derniers mots qu'elle a dits étaient « Je vais te donner de l'argent ». Je lui ai répondu qu'on s'en foutait. J'ai vu une larme durement produite couler jusqu'à l'angle de son œil. Chambre 123, couloir des morts, mouroir des corps. Elle n'a pas voulu y rester trop longtemps. Son cœur s'est arrêté de battre, mais il y en a cinq qui battent grâce à elle autour du lit. Elle s'est ressemée. Après avoir traversé un siècle, elle a poussé un dernier râle, serré le poing, serré nos cœurs, et elle est partie. Ce n'était pas triste.

On roule vers Jametz, ce village-rue du nord de la Meuse où ma grand-mère passait ses étés dans la maison de famille. On me montre le jardin où mon arrière-grand-père faisait le potager. Ma seule racine paysanne est là. Je pense qu'il n'y a jamais eu autant de monde dans la rue de Jametz. Le village a perdu la vitalité qu'il avait dans les souvenirs de ma grand-mère. Il a subi le même sort que tous les petits villages désertés de l'Est, que je traverse en voiture depuis mon enfance. Ma grand-mère est enterrée ici parce que ses parents y sont enterrés également. Elle n'a jamais habité dans ce village, ce n'est pas l'endroit où elle a passé le plus de temps, mais c'est l'adresse la plus pérenne qu'elle ait eue dans sa vie. Est-ce que c'est ça qui fait qu'on est de quelque part, qu'on appartient à un lieu, un territoire ? Le sang, la terre. Ma grand-mère a vécu toute sa vie en ville, mais elle sera enterrée à la campagne.

Je suis allé voir le gars des pompes funèbres, on portera le cercueil du chœur de l'église au congélateur dans le coffre. Le pétrole nous accompagne aussi dans la mort, dans le plastique qui emballe les bouquets, dans le réservoir du corbillard qui guide le cortège sous la pluie fine d'un ciel invariablement gris. Je me dis qu'on aurait pu s'abstenir d'enterrer la planète aussi. Avant que les types des pompes funèbres ne remettent la dalle et ne fassent du décès de ma grand-mère une histoire de maçonnerie, mon frère, mon cousin et moi avons lu quelque chose. Quand mon tour viendra, j'espère qu'on ne me fera pas de caveau. Je voudrais que mon corps nourrisse les micro-organismes du sol pour avoir une chance de me réincarner en courge butternut.

Retour à la ferme. *Jetlag,* comme toujours entre le monde d'avant et celui d'après. Se remettre dans le bain. Marc et Valérie sont partis pour quelques jours. Autour de la table, il y a deux nouveaux woofeurs et trois inconnus qui viennent d'arriver, cinq personnes qui me demandent avec bienveillance ce qu'il y a à faire au jardin, comment aider, cinq personnes qui comptent sur moi pour leur donner des missions, pour mener la barque, alors je me sens plus passager que capitaine. Je ne sais pas, là tout de suite, ce qu'il faut faire dans les serres, dans le champ, sous cette pluie. Je dois réfléchir une heure et regarder trois tutoriels avant d'être sûr, mais là je n'ai pas le temps de réfléchir, de me poser. Je dois être disponible pour ces gens, leur proposer un thé, les intégrer, penser à leur expliquer qu'on n'utilise pas de savon chimique dans la salle de bains parce qu'on a notre propre système d'épuration, leur montrer les toilettes, la chambre, les draps. Je dois nourrir le levain, faire la visite, les panneaux solaires, être sympa, être heureux, montrer que c'est la belle vie, qu'on prend le temps, pour qu'ils s'installent, pour qu'on se repeuple. Mais là, d'un coup, j'ai envie de chialer, de courir en écoutant les Strokes, de prendre mon sac et d'aller marcher seul dans le désert comme Travis dans *Paris, Texas.* Je me sens aux antipodes de ce que j'aurais envie d'être, je me sens envahi, il y a trop de nouveaux dont je suis censé m'occuper, j'étouffe.

Parmi les candidats, il y a Georges, quatre-vingt-onze ans. J'aimerais que la ferme marche assez bien pour accueillir un homme de son âge, ce serait beau et grand, mais là ce n'est pas possible. « Tu es un vieux admirable, Georges, tu as de l'esprit… Si j'avais le temps, je passerais une aprème à regarder des vieilles photos et à t'enregistrer, mais là tu parles trop lentement, tu me fais trop répéter, je suis désolé, je n'ai pas l'énergie, ma grand-mère est morte il n'y a même pas un mois, Georges, et toi je ne te connais pas. »

Les tuiles du toit tombent, notre colline est lessivée sans aucune empathie de la part du ciel, qui déverse sur nous ses litres de pluie et ses rafales à cent kilomètres à l'heure. Dans le ciel, les étourneaux exécutent leur chorégraphie d'apocalypse. Les serres sont malmenées, la bâche du foin s'est envolée, celle du champ est déchirée, il faut la replier comme on peut, il faut retendre ces ficelles qui lacèrent nos mains trempées. Et déjà une nouvelle bourrasque. On ne lutte pas contre le vent. « Si tu veux souffler, souffle, mon salaud, vas-y, souffle jusqu'à notre maison, déchaîne-toi, emporte tout, emporte-moi, je me rends, drapeau blanc, prend mon corps, prend mon âme, souffle ta rage, souffle jusqu'au dernier souffle, souffle, souffle, souffle. Et vous qui hantez mes journées, mails, demandes, formulaires, listes interminables de tâches, compte en banque insatiable, soyez soufflés aussi. » Mais il ne faut pas baisser les bras, ce serait encore pire. Suis-je fou de penser pouvoir tout mener de front ? Est-ce que je me leurre comme Georges, qui se croit jeune ? Demain réunion, et mercredi matin encore, et l'après-midi je suis aux champs. La ferme est une entreprise où on travaille sans gagner d'argent. Est-ce que je dois choisir entre la ferme et le reste de ma vie qui se fait engloutir ? Mon seul répit, c'est le soir. Dans ma chambre, je repense aux jours calmes de Nouakchott.

Le vendredi midi, je traversais le centre-ville, déserté par les prieurs. Sous un soleil de plomb, ébloui par la luminosité, serviette en cuir à la main, chemise et pantalon en toile, j'enfonçais mes chaussures dans le sable qui escorte les piétons. Les stores des boutiques étaient tirés, le vrombissement des voitures, suspendu, on entendait seulement les haut-parleurs crachotants de la mosquée saoudienne. Sinon, c'était calme, sacrément calme. Comme si la chaleur paralysait la ville à heure fixe. Les magasins fermaient avant midi et ne rouvraient que vers dix-sept heures le soir. Il y avait un mot pour ce moment au milieu de la journée, où il est plus productif de faire une sieste à l'ombre que de s'agiter. C'est en Mauritanie que j'ai commencé à porter un regard critique sur l'injonction permanente à l'activité. Moi qui avais peur de perdre mon temps, j'ai fini par le prendre.

Trop rarement, je passais voir Richard, le gardien de la case des volontaires, payé pour dédier sa vie à une chaise et surveiller les possessions des riches. Richard était arrivé en Mauritanie il y a une quinzaine d'années, à un moment où le PIB avait meilleure mine ici que dans son Ghana d'origine. Quand, le tout premier soir que je passais à Nouakchott, je l'ai rencontré sous son ampoule, avec son flegme rieur et sa barbe blanche, j'étais loin de penser que ce gars avait passé dix ans de sa vie sur les gros cargos d'une compagnie singapourienne et fait trois fois plus le tour du monde que moi. Ce taf était sa retraite, même si pendant son temps libre il était aussi peintre en bâtiment et exportateur de farine de poisson. Richard est peut-être le seul mentor que j'aie jamais eu de ma vie. Il avait une espèce de détachement par rapport aux péripéties de la vie qui le rendait quasiment invincible. Pour lui, c'était un spectacle, il n'en prenait que la crème, le reste ne l'intéressait pas. Dans le globish plutôt basique qu'on échangeait certains soirs en ouvrant une bière interdite pour fêter l'arrivée des moustiques, il me disait toujours *life is like that,* « c'est la vie », et il se marrait.

Les jours où j'avais une baisse de régime, je passais chercher des pizzas et j'allais dîner sous l'ampoule avec Richard. Et tout allait mieux. Ce vieux pirate avait un modjo hors norme. Un jour où on fouillait dans nos souvenirs, il m'a dit qu'il avait eu une fille avec une Malaisienne qu'il voyait pendant ses escales à l'époque. Il est allé chercher au fond d'une armoire les seules possessions qu'il avait, et qui ne remplissaient même pas un petit sac à dos. Il en a sorti une enveloppe emballée dans un tissu. Il y avait des papiers d'identité et une dizaine de photos, dont une de sa première fille, qui devient une femme quelque part à l'autre bout du monde. Ce qu'il avait accumulé au cours de sa pittoresque vie tenait là, dans ce bout de tissu. Il vivait léger. Quand on se marrait avec Richard, je relativisais sur la contribution au bonheur de toutes les possessions qu'on accumule. Il était au-dessus de tout ça. Il disait toujours *I'm trying the life,* « j'essaie la vie ». Pour lui, c'était une vaste expérience, et il n'y avait rien à perdre. Ce que certains auraient pris pour du fatalisme ou un manque d'ambition, je le voyais comme une capacité à lâcher prise et à se détendre. Sa philosophie de vieux rasta semblait le rendre bien moins sujet au stress. Je me demande ce qu'il aurait fait face à la tempête. Peut-être qu'il aurait dit *life is like that* et qu'il aurait rangé tranquillement, une fois que le vent se serait calmé.

La tempête est passée, ceux qui ne s'installeront pas sont partis. Je redescends en température en pratiquant l'activité hautement méditative des semis seul dans la serre. Graine après graine dans le creux de ma paume, alvéole après alvéole. Le microscopique demande tellement de minutie et de délicatesse qu'on en oublie le reste. C'est un espace-temps à part. Le temps, c'est ce que j'étais venu chercher à la ferme. J'avais beaucoup d'espoir concernant la pendule de la salle à manger, mais maintenant je suis catégorique : elle est aussi intraitable que n'importe quelle autre pendule. Il suffit de la laisser cinq minutes sans surveillance pour qu'elle s'en prenne à votre journée avec un empressement inhumain. On n'a pas plus de temps dans une ferme collective semi-autonome qu'ailleurs. La différence par rapport à avant, c'est que malgré les coups de chauffe j'ai l'impression de maîtriser davantage mon temps, c'est-à-dire d'en disposer comme je l'entends.

12

C'est bon. On a imprimé les attestations, coché les cases, signé. Ça me rappelle la Mauritanie et les ordres de mission bidon qu'on filait aux check points sur la route de la plage. On doit acheter un peu de poudre à lever pour faire des gâteaux d'anniversaire et quelques huiles essentielles à la pharmacie, achats de première nécessité. On surjoue, comme tout le monde, mais voilà : on finit par se prendre au jeu. Quand on passe devant chez le voisin, j'ai franchi la barrière mentale de notre terrain, de notre propriété, de notre espace de confinement supposément sain, contrairement au monde extérieur, infesté de virus. On est juste en train de rouler sur la même putain de route qu'on a empruntée des centaines de fois pour aller au chef-lieu, en passant devant les mêmes champs, les mêmes baraques et les mêmes vaches, mais avec tout ce qu'on a entendu ces derniers temps – les déclarations de guerre, l'hystérie, les rumeurs – j'ai l'impression d'être un cosmonaute qui s'élance vers l'espace depuis l'ISS. J'ai rarement été aussi excité d'aller faire des courses.

Je roule lentement, aux aguets, masque appliqué, ficelles tendues, gants de ski par vingt-cinq degrés un 23 mars… parce que c'est toujours le réchauffement climatique.

Je me suis dévoué pour les courses parce que je voulais voir à quoi ressemble une pandémie, parce qu'à la ferme la vie continue sans tousser. Mon attention est rivée sur ma première saison de potager, et rien dans mon champ de vision ne trahit la présence d'un péril imminent. J'arrive au village un peu déçu, sans avoir croisé un seul barrage.

La première différence apparaît enfin. Le parking du supermarché est saturé de bagnoles. Une dizaine de clients attendent sagement sur une vingtaine de mètres. On dirait qu'ils jouent à un, deux, trois, soleil. Je regarde les autres. Il y a des indifférents, qui se plient aux consignes sans broncher et qui doivent juste trouver ça chiant, et il y a ceux qui font du zèle. Un type s'active à côté de son scooter. Malgré la chaleur, il est en combinaison intégrale noire, avec un masque qui lui recouvre la moitié du visage. Il exécute des gestes méticuleux avec ses gants en plastique, il a préparé son coup comme un serial killer. Quand il passe à côté de la file avec sa dégaine de cosmonaute, je lui lance un sourire avec les yeux, mais il ne bronche pas, pour éviter toute contagion de joie.

On rentre comme en boîte de nuit. Quand on est enfin devant le portillon et que la caissière nous dit qu'on peut y aller, le cœur s'emballe. D'habitude, la pratique de la consommation, religion d'État, n'est soumise à aucune entrave. Mais aujourd'hui, le fait de devoir attendre une autorisation pour acheter décuple l'excitation. Pourtant, là encore, c'est la déception. Tous mes fantasmes d'effondrement sont déçus. Les rayons sont pleins, et les gens redoublent de politesse pour ne pas se croiser. C'est l'entraide dont parle Pablo Servigne. En fait, je suis beaucoup plus excité que les autres consommateurs. Moi qui m'étais résigné à acheter le dernier cubi de piquette, je trouve les bouteilles de vin bio du producteur local. J'en prends quelques-unes de plus, pour me consoler. Au moment de payer, je tente d'engager la conversation en demandant à la caissière si ce n'est pas trop dur, mais je n'obtiens que des réponses sèches grommelées dans son masque. Quand je m'émerveille de l'approvisionnement, elle me lâche que le seul truc qui manque, en réalité, c'est le PQ. Et là, je prends une claque. Moi qui jurais que la préoccupation première des gens face à l'effondrement de la société thermo-industrielle serait de s'alimenter, je découvre que d'autres besoins priment. Quand on demandera à la majorité des rescapés comment le virus les a affectés, 90 % d'entre eux répondront donc : une pénurie de PQ. Combien parmi eux auront eu l'instinct de donner une deuxième vie à leur attestation ?

Face au constat que l'ambiance est juste bizarre, glauque, nulle, mon excitation est retombée assez vite, finalement. En si peu de temps, de nouvelles règles se sont instaurées, on n'a plus le droit de sortir de chez soi, d'aller voir les copains. Les règles ont été gobées d'un coup, comme dans le film *la Vague,* c'est devenu normal, inconscient. Je suis remonté dans la voiture encore pleine de carburant et j'ai conduit vers mon oasis semi-autonome en me demandant ce qui se passerait si demain le gouvernement décidait qu'il faut tous s'habiller en rose et dire « vive Macron » à la place de bonjour ou qu'on inscrivait « La liberté, c'est l'esclavage » sur le fronton des mairies.

Ici, ça va encore. Les restrictions, la police et le confinement sont moins omniprésents qu'en ville. Les ruraux sont plus difficiles à contrôler, parce qu'ils sont dispersés. La campagne regorge d'espaces qui échappent partiellement à l'œil de l'administration. On pisse où on veut, on est libres. Alors cette après-midi, sans muselière et sans auto-autorisation, on part promener notre insouciance aux bucoliques abords de la ferme. Léa a été « bloquée » à la ferme par le confinement.

Ce matin, je suis allé aux poules, tout le monde allait bien, tout le monde était vivant, tout le monde s'est précipité hors du poulailler pour pilonner la mangeoire. Tout le monde sauf la poule qui couve consciencieusement et qui a tellement d'œufs à couver qu'elle se gonfle et double de volume pour tous les recouvrir. Dans un mélange de tendresse et de culpabilité, je la sors pour qu'elle aille manger aussi. Je glisse mes doigts entre ses plumes pour la saisir. Elle proteste gentiment en faisant les gros yeux et me chique. Je sens la douce chaleur dont elle enveloppe ces formes géométriques si parfaites qu'elle délivre toute l'année sans faire de plan. Je me dis que ça ne doit pas être désagréable d'incuber là-dessous. En la soulevant complètement, je découvre deux petits canetons, éclos par le miracle de la vie. Nous avions mis deux œufs de cane sous la poule pour faire un test, et il est concluant ! Ma vie se remplit de sens devant ces petits yeux, ces petites ailes, ces petites pattes palmées, ces petits becs et leurs piaillements irrésistibles, ces deux petits corps maladroits mais téméraires, recouverts d'un duvet plus doux que tout. Je ne résiste pas à l'envie de les attraper, de les cajoler, de les couvrir de baisers et d'un raz-de-marée de tendresse dont ils se passeraient bien. Je les affuble des pires surnoms d'une voix suraiguë.

Mais il faut vite les mettre au chaud. Je mobilise tout le monde, carton, foin, eau, grain pilé, lampe. Il faut que le cocon soit constamment à trente-huit degrés. J'installe le carton sur mon bureau, j'y introduis ma lampe, le thermomètre, et recouvre le tout de couvertures pour bien isoler. Au milieu de la nuit, je me relève pour leur remettre de l'eau, du grain concassé, voir si tout va bien.

J'ai finalement sorti le carton de ma chambre, ça sentait trop. Les canetons sont aussi crades qu'ils sont mignons. Ils essaient coûte que coûte de faire trempette dans l'eau que je leur donne à boire, et n'hésitent pas à faire leurs besoins dedans au passage. Ils renversent systématiquement leur bol de nourriture, qui se mélange à la litière, qu'ils souillent à une vitesse effarante. Les trous d'aération et le changement régulier de la paille ne suffisent pas à dissiper la puanteur de leur cocon. Le gros mange plus que le petit, alors on a aménagé deux espaces dans le carton, mais ils font le mur parce que les canards ne supportent pas la solitude. Ils préfèrent être mal accompagnés que seuls. Malgré mes preuves d'amour répétées et mes attentions pour m'intégrer à leur binôme, ils sont toujours aussi farouches, et je me sens rejeté. J'ai percé deux hublots dans leur carton pour aérer et pour qu'ils puissent nous regarder dans la salle à manger. Ils s'en tapent.

On a mangé la première salade de la saison, une de celles qu'on a plantées et qu'on a vu pousser. La minuscule graine entre mes gros doigts est bel et bien devenue une grosse pomme de laitue dans notre saladier. C'est fou ! Depuis que j'ai passé l'étape de la submersion, inhérente à l'apprentissage de n'importe quelle nouvelle discipline, le jardin est devenu notre refuge avec Léa, l'endroit où on se sent bien, le phare de notre confinement. Mohamed nous aide aussi. Ils m'appellent patron pour m'emmerder, et on rigole bien. À table, je comprends l'intérêt d'échelonner les cultures à force d'enchaîner les monodiètes : les poireaux, les blettes, les trois planches de salades qui montent en graine, puis les fèves de la serre, qui ont superbement poussé et qui commencent à se vautrer sur les allées. Les fèves de plein champ, en revanche, végètent sans se développer ou presque. Après m'être dit que ça devait être la température, la terre, le vent, les pucerons, j'ai finalement compris quel mal les mangeait.

Au potager, il y a ce qui se passe à peu près comme prévu – les semis, les plants, les étapes artificielles et contrôlées, où il suffit d'avoir les bons gestes au bon moment – et il y a le reste, la gestion de crise. La complexité commence souvent quand on met les plantes dans le grand bain de la pleine terre, quand elles sont confrontées à la vraie vie, qui est humide, pluvieuse, sèche, chaude, froide, venteuse, herbivore, intraitable.

Les fèves du champ sont infestées de limaces. Tous les soirs, alors que je dors, une armée de gastéropodes annihile nos tentatives d'autonomie légumière. Le jour, elles dorment tranquillement dans la paille que j'ai mise au pied des plants – il ne faut jamais laisser le sol à nu en agroécologie – et la nuit elles bavent jusqu'au restaurant, un étage plus haut. Royal. Elles ont tué une chayotte que j'avais plantée, et je vois la preuve nacrée de leur crime sur les rares feuilles qui n'ont pas été complètement digérées. De rage, je déverse une pluie de comprimés bleus anti-limaces sur le pied qui reste, en sursis. Malgré toutes les odes à la biodiversité qu'on professe dans les milieux que je fréquente, je me découvre très irritable quand certains représentants surreprésentés de cette biodiversité s'en prennent à la biodiversité que j'essaie de faire pousser. Pourquoi tant de haine envers ces pauvres fèves alors que le printemps déborde de feuilles alentour ? Pourquoi ne pas manger les adventices, qui se plaisent si bien ici et qui poussent tellement plus naturellement que ce que je cultive ? Moi qui suis abreuvé de permaculture, je me retrouve à confronter ces principes au terrain, à ce champ de terre lourde, à ces ravageurs qui détruisent mon travail, ces campagnols, ces taupes, cet oïdium, ce mildiou qui colonisent les feuilles des tomates et des courgettes, à ces pieds de rumex qui survivent à six mois d'obscurité sous une bâche, à cette potentille qui referme chaque jour son étau sur le jardin avec ses carottes de vingt centimètres scellées dans le béton d'argile.

Je comprends que les agriculteurs balancent des pesticides et des fongicides. Je me rends compte que la révolution verte a dû rendre le travail moins pénible au début. Ceux qui se cassaient le dos depuis des centaines de générations ont dû jubiler quand ils ont eu un tracteur et des produits magiques pour travailler le sol et gagner ce combat sans fin contre l'armée des nuisibles.

Mais ce n'est pas un combat, c'est une coopération : on travaille avec la nature, avec les limaces, avec la potentille, avec le chiendent, avec le sol. Nous faisons partie du même écosystème. Il n'y a pas de mauvaises herbes, il n'y a que de mauvais jardiniers, rappelle-toi. Je me dis que c'est quand même bête que nous ne mangions que les plantes les plus vulnérables. Si on pouvait manger les grosses racines de rumex, se faire de bonnes poêlées de mildiou, tout serait tellement plus simple. Je dépaille les fèves, je mets des granulés bleus. Je prends des claques, j'apprends. J'ai entendu parler des pièges à la bière, je regarde sur internet et j'en installe. Il faut changer la bière tous les trois jours, utiliser de la brune, mais rien de magique : les pièges attirent d'autres limaces que celles de la zone, et d'autres insectes utiles au jardin s'y noient. Aucun jardinier sérieux à qui je demande ne fait ça. J'abandonne, je range les pièges, on boit les bières. J'apprends : il n'y a pas de solution magique.

Les canards coureurs indiens ne font pas de miracles non plus, car ils dorment quand les limaces sortent, la nuit. Et s'ils se promènent la nuit, ils se font manger par les renards qui rôdent, comme les quatre canards que nous avons déjà perdus. Ils mangent sans doute des baveuses tôt le matin et tard le soir, mais je n'arrive pas à savoir ce qu'ils mangent quand ils fouissent partout en aplatissant les fèves sur leur passage. L'autre jour, je les ai vus gober les granulés bleus que je venais de mettre, comme des bonbons. J'étais vert, je les regardais en essayant de me rappeler le goût du magret saignant avec une petite sauce moutarde. J'ai mis un filet. Je pense aux deux canetons que je m'évertue à faire grandir, et je me demande si tout ça a un sens.

Pour les limaces, j'ai conclu qu'on n'était jamais mieux servi que par soi-même. J'ai fini par instaurer des expéditions punitives, des rafles anti-baveuses : lampe frontale, bol, gants, jardinage nocturne. Les premiers soirs, j'y allais seul. Aux alentours de minuit, je passais une heure sous les étoiles à inspecter chaque planche, à interpeller à tour de bras, et j'allais vider mon bol dans l'enclos des canards. J'étais content de les voir se remplir le jabot, mais je me disais que je faisais leur boulot, dans le fond, que je n'étais pas censé livrer à domicile. Quand j'essayais de les sortir, ils ne voulaient rien savoir. Un soir, j'ai même dépêché un canard en lui montrant les limaces du potager pour l'inviter à dîner, mais il était tellement stressé par notre proximité physique qu'il n'a rien voulu savoir et qu'il a regagné l'enclos le ventre vide. Derrière ces conflits de canards et les claques que je prends au jardin, je suis surtout en train d'apprendre, en faisant, en observant.

Quand je vois le temps qu'on passe à semer, à désherber, à greliner, à planter, à arroser, à butter, à biner, à pailler, je conçois très bien pourquoi un actif sur deux était agriculteur avant l'invention de la moissonneuse-batteuse et des tracteurs. Maintenant qu'on fait pousser des légumes, aussi capricieux que la météo, et qu'on attend plusieurs semaines pour que le pied daigne faire un petit fruit qui sera peut-être grignoté, je regarde d'un autre œil les gros légumes immaculés que je récolte en moins d'une minute sur les étals de Biocoop en échange d'un petit bout de papier. On aurait plus vite fait de se trouver un salaire dans un bureau et de compter sur les autres pour produire de quoi manger.

Pourtant, on continue de planter, parce qu'à la joie de manger les fruits et les légumes de son travail s'ajoute le plaisir de balancer en début de repas : « Tout vient du jardin. » Le potager est une extension de la cuisine. Il n'y a rien de plus gratifiant que de constater que deux fois par jour des légumes sont récoltés, coupés, râpés, rissolés et assaisonnés pour dix personnes, et que le jardin en fournit encore assez le lendemain. C'est à la limite du miracle.

Au bout d'un mois, cependant, nous ne sommes plus comblés par cette petite vie pépère aux airs de retraite anticipée, à ne penser qu'à nous, à nos légumes et à nos petits films du soir. C'est agréable, mais ce n'est pas suffisant. On n'a pas trente ans pour avoir une vie agréable. Ce qui nous manque, c'est le sentiment d'utilité sociale que nous apporte habituellement le travail à destination des autres. Léa est payée pour rendre la justice, et elle a hâte de retourner au tribunal. Elle pense à ses dossiers qui attendent, à toutes ces situations qui exigent que justice soit faite pour que la vie continue. Moi, personne ne m'attend spécialement, comme tous les indépendants qui trinquent avec le confinement. Ma vie professionnelle est en panne sèche ; je ratisse large, mais ne prends que des râteaux. Les plans s'annulent les uns après les autres. Tout le monde est très intéressé, mais personne n'a de visibilité. Je n'ai pas gagné un euro depuis des semaines et, à défaut d'indicateur objectif, c'est le fait d'être payé qui confirme mon utilité sociale.

Je finis par me demander s'il n'y a pas là un message providentiel que je me refuserais à déchiffrer par jusqu'au-boutisme. Peut-être que je dois changer de boulot pour plus de résilience professionnelle, faire quelque chose de plus alimentaire pour moi et pour les autres, arrêter d'essayer de percer dans des secteurs saturés qui ont de moins en moins de moyens et de plus en plus de candidats.

On s'est levés à la bonne heure, celle où le soleil caresse le haut des Pyrénées. Aujourd'hui, on voit toute la chaîne depuis notre cocon de vitres et de bois. Léa est remontée avec le petit déj, je balance Antonio Carlos Jobim, *Brazil,* classique, feutré, parfait pour attaquer les tartines sur le canapé après quelques bâillements. Comme dans un rêve. On commence à discuter, et le sujet récurrent revient. Valérie a fait une remarque sur le fait qu'on utilisait trop d'eau chaude et qu'elle était déçue qu'hier, en allant faire les courses, on n'ait pas ramené plus de légumes différents, puis elle avait fini par dire tant pis pour jouer la conciliante avec un sourire chafouin. Nous sommes rattrapés par le huis clos du confinement, les tensions s'exacerbent.

Ce genre de scène se produit assez souvent avec Valérie. J'ai toujours préféré laisser passer les remarques rabat-joie, dire oui oui et continuer ma vie. À court terme, la paix sociale factice est moins chronophage que la prise de tête frontale, alors je mets sous le tapis et tant pis. Pour être peinard. Mon père m'a toujours dit « reste en dehors de tout ça, tu ne t'en porteras pas plus mal », alors je fais comme papa m'a dit. Quand j'ai du mal avec quelqu'un, j'esquive, au risque d'être lâche, mais je me dis que j'ai des choses plus intéressantes à faire dans la vie que du garagisme psychologique.

Mais maintenant que Léa en parle, je me rends compte que c'est grave de subir quasi quotidiennement les humeurs de quelqu'un, de ne pas consacrer son temps à côtoyer des personnes qui nous font marcher sur le trottoir au soleil. Il ne faut pas s'accommoder, se résigner, parce que ça coupe l'appétit de vivre. Ce matin pour la première fois, je me suis dit que quelque chose devait changer. Si après deux ans de cohabitation ma conclusion était que ma colocataire fanait l'ambiance, fût-ce inconsciemment et involontairement, il fallait que la cohabitation se termine, que je vote avec mes pieds, et tant pis pour l'adaptation, les compromis, tant pis pour la critique de l'individualisme, tant pis pour mon idéal de tolérance. Partager une vision du monde et un projet de sobriété carbone n'est peut-être pas suffisant pour partager une vie, finalement.

C'est la journée du pain. Je trouve refuge dans la pâte, poings serrés dans ce mélange de farine, d'eau, de levain et de sel. Je gamberge. Je fais les pizzas, pensif, j'allume le four, pensif, je portionne et je façonne, pensif. Le pain est réussi, c'est une valeur sûre. J'aime faire le pain. Aujourd'hui, pourtant, je me demande si cette vie si pleine de sens a vraiment du sens, si une existence sans rire n'est pas encore plus absurde qu'une existence sans serre bioclimatique et sans panneaux solaires. J'avais déjà dit à Valérie que ses remarques me crispaient en réunion émotionnelle, mais on ne se refait pas du jour au lendemain.

Après le déjeuner, Valérie m'a dit qu'elle était à cran parce qu'elle s'était engueulée avec Marc, qu'ils allaient se séparer et qu'elle quitterait la ferme. Moi qui commençais à me poser des questions sur cette cohabitation, j'avais une réponse. Je suis allé au jardin rejoindre Léa, qui coupait la bourrache. Marc est venu m'en parler, il n'était pas dans son assiette.

Il m'a raconté une engueulade anodine qui avait fait place à trois jours de silence radio. Il se demandait si elle reviendrait sur sa décision avant de faire ses valises, parce qu'il était amoureux d'elle. En même temps, il semblait résigné, ce qui devait arriver arrivait enfin. Je ne pouvais pas m'empêcher de penser à Clair de Lune, parce qu'on réfléchit avec les références que la vie nous donne. Alors je lui ai dit que c'était comme ça avec les gens lunatiques : des hauts, des bas, et on ne sait jamais pourquoi. Je lui ai dit que j'étais là s'il avait besoin de parler, et il m'a remercié avec une tête que je ne lui connaissais pas. Il a eu un silence, une microseconde inhabituelle qui m'a touché, et il est reparti creuser une tranchée pour alimenter l'étang en vue d'améliorer notre autonomie en eau. Il avait besoin de creuser.

Ce soir-là, le silence était lourd à table. Léa est montée dès qu'elle a fini son assiette parce que la conversation s'engageait sur l'éducation de Noé. Mohamed n'a pas traîné non plus pour aller prier, et on s'est retrouvés à trois. On aurait entendu le courant électrique dans le filament de l'ampoule si ce n'était pas une LED. J'ai puisé dans mes réserves de recul et d'autodérision, et j'ai lâché : « L'ambiance est pas top, ce soir. » Puis Valérie a repris du service en tant que médiatrice et a demandé si on « prenait un temps » pour parler de la séparation. Elle a raconté les mêmes trucs que tout le monde raconte dans ces moments-là : c'est pas toi, c'est moi, enfin nous deux ensemble. À cinquante ans comme à quinze, on rompt de la même façon. Chacun essaie de trouver les mots et les explications qui le mettent le plus à l'aise avec la situation pendant que la vérité disparaît à tout jamais. La conversation dévie sur des détails techniques, par confort, parce qu'on parle plus facilement d'aspects pratiques que de sentiments. Un jour, en bagnole, Marc m'a dit qu'il préférait construire des escaliers plutôt que de régler des histoires de couple. Et je le comprends.

Après plus d'un mois de fermeture, la reprise approche au tribunal de Maubeuge. Léa décide de remonter, je sens qu'elle en a besoin. Il n'y a pas de train ou de covoiturage avant Bordeaux, on doit y aller par la route. Aller-retour, ça va chercher dans les cinq heures, mais je ne suis pas contre faire des kilomètres, pour une fois. Les routes sont désertes, les villages, fantômes, on a l'impression d'aller à l'autre bout du monde. Elle me dit qu'elle a trop aimé faire le jardin, le pain, passer tout ce temps ensemble. Le reste, elle n'a pas besoin de me le dire. Je sais qu'elle n'envisage plus de s'installer à la ferme. Ce confinement nous aura tous bien fait chauffer. Les abcès sont crevés, nous aussi.

On n'a pas été contrôlés une seule fois. On est arrivés devant la gare de Bordeaux-Saint-Jean et on s'est embrassés en espérant se retrouver bientôt, quand ce carnaval de merde serait fini. Je la regarde partir et je me demande réellement quand je la reverrai.

Pendant que je m'avale ces lignes droites interminables de la forêt des Landes en sens inverse, je me sens un peu triste que la greffe n'ait pas pris entre Léa et la ferme, cette vie que je construis depuis deux ans et dans laquelle je place tous mes espoirs. Je ressasse les dernières semaines, en me disant voilà comment, d'un beau projet d'écolieu, de mode de vie alternatif, vertueux, sobre, bucolique, d'une envie de réponse commune au défi du siècle et à l'absurdité du monde, on en arrive à des querelles de cour d'école, à des inimitiés, des sentiments moches, des gens embrouillés. Tout ça trahit notre bel idéal, censé avoir raison de nos différends. On est assez loin de ce que j'aurais aimé qu'on soit, je me sens face à ma propre médiocrité. Aurions-nous eu l'esprit plus grand si la situation avait été plus critique, si l'effondrement était plus avancé ou l'énergie, moins accessible ? Sans doute que nous aurions davantage pris sur nous si nous n'avions pas eu d'autre choix pour continuer à vivre.

Valérie est revenue sur sa décision de partir, elle voulait qu'on réfléchisse à des modalités différentes qui conviendraient à tout le monde. Je traînais des pieds. J'avais tiré mes conclusions et dit que je n'avais plus envie d'habiter avec elle. Tel qu'elle le présentait, j'avais l'impression que le sujet n'était plus ses travers en collectif mais ma difficulté à les accepter. Elle se sentait mise à la porte, et forcément je passais pour le type sans cœur. Mais je n'avais plus envie de négocier, de céder, j'avais franchi un point de non-retour, je voulais vivre avec des gens qui me faisaient rire et aimer. J'étais tiraillé entre le sentiment d'être un salaud insensible et celui d'avoir assez donné. J'ai dit que, si elle décidait de rester, c'est moi qui mettrai les voiles. Marc était entre les deux. Il concédait que leur relation déteignait sur le collectif et qu'un truc coinçait, mais il était admiratif de ce que Valérie apportait à la ferme. Finalement, elle a décidé de partir.

Avec Marc, on va faire une balade pour parler de la suite. C'est un de ces rares moments où je me sens vraiment proche de lui. Le moment où on commence à discuter de leur relation m'évoque un lointain souvenir. J'avais dix ou onze ans. Après le dîner, mon père m'avait proposé de faire le tour du pâté de maisons pour me parler de sa séparation avec ma belle-mère et de la vente de notre maison de famille. Il avait ouvert la porte du coffre-fort de son intimité et m'avait laissé entrer cinq minutes en me parlant de ses sentiments, en me faisant quelques confidences et en me posant des questions qu'il évitait soigneusement d'aborder en temps normal. Le sujet avec Marc, c'est le devenir de la ferme. Avec le départ de Valérie et de Noé, le collectif devient un binôme, et forcément on se demande si on est arrivés au terminus.

Je dis à Marc que le départ de Valérie me redonne du souffle et que je n'ai pas envie qu'on arrête notre révolution. Il est rassuré que je sois toujours dans le coup. On conclut qu'on se donne six mois pour repeupler la ferme en ouvrant grand ses portes ; en attendant, on maintient ses fonctions vitales. On s'engage dans une période qui s'annonce chargée mais pleine de promesses. Je continuerai à m'occuper du pain, du jardin, des nouveaux résidents, et lui des arbres, des chantiers, des animaux, des demandes de woofing. Valérie continuera à venir pendant quelque temps pour les ruches et les ânes. On fera la cuisine un peu plus souvent, mais on va y arriver. Marc pense organiser des stages techniques pour faire rentrer des sous. Je crois qu'on se fait confiance et qu'on se comprend, lui et moi. C'est le genre de gars avec qui je suis rassuré de faire équipe.

Pour clore cette joyeuse passe, un carnage a eu lieu au poulailler. Onze poules ont servi de cobaye pour l'entraînement à la chasse des renards et de leurs renardeaux. Une grosse moitié des cadavres étaient encore dans l'enclos. Marc m'a appelé en renfort et on a ébouillanté et plumé les volailles dans un triste silence et une odeur cadavérique. La vie, la mort, la ferme. On touchait le fond, les lendemains avaient intérêt à chanter.

13

Le 13 avril, quand j'ai entendu notre PDG de la République dire qu'il nous faudrait « bâtir une stratégie où nous retrouverons le temps long, la possibilité de planifier, la sobriété carbone, la prévention, la résilience, qui seuls peuvent permettre de faire face aux crises à venir », et ajouter qu'il « nous faudra rebâtir une indépendance agricole et plus d'autonomie stratégique pour notre Europe », je me suis dit qu'on était enfin sauvés. J'étais heureux qu'un pangolin chinois malade ait pu réaliser en quelques mois l'objectif de soixante ans de luttes écologistes. Et puis, le 28, énorme déception : notre chefferie nationale replongeait dans son addiction au néolibéralisme écocidaire mondialisé avec la signature du traité de libre-échange entre le Mexique et l'Union européenne. Portes ouvertes au bétail plein d'OGM, frontières fermées aux humains. Ce jour-là, le Premier ministre nous a ordonné de rester dans un périmètre de cent kilomètres autour de chez nous, comme s'il voulait qu'on relocalise nos vies pendant qu'il délocalisait la production.

J'ai regardé le rayon des cent kilomètres autour de la ferme sur une carte. Il y a des montagnes, bonne nouvelle, l'océan, bien aussi, cinq rivières et un fleuve, ce qui est vital, trois aéroports, obsolète, pas de centrale nucléaire, heureusement. Si je pense au travail, les choses se compliquent. La majorité de mes employeurs sont en dehors du périmètre. Ma famille proche est loin, trop loin. Léa et beaucoup de copains sont hors de portée. Depuis un an, j'ai sillonné la France, l'Italie, et j'ai mis un pied en Belgique. Je me suis calmé, pourtant. Il y a cinq ans, le monde que je fréquentais était plus vaste : deux continents, plusieurs pays et une coquette quantité de kérosène pour relier tout ça. Ma carte s'est rétrécie, mais je me sens toujours à l'étroit dans mes cent kilomètres.

J'imagine que cette limite n'aurait pas tellement gêné les paysans qui habitaient la ferme il y a cent cinquante ans. Ils ne devaient pas aller bien loin, avec leurs énergies 100 % renouvelables et leurs charrettes. Loin de moi l'idée romantique et réactionnaire de glorifier un bon vieux temps que je n'ai pas connu et où la vie était certainement plus rude, incertaine, dangereuse. J'ai bien croqué dans la mondialisation, moi aussi, comme tous les gauchistes, tous les écolos et tous les décroissants. Il faut être un sacré amish pour résister à tout le confort douillet de la surconsommation, à toute cette puissance et ces possibilités folles que nous fournissent l'industrie, la technologie et l'énergie gratuite. Était-on pour autant moins heureux auparavant ? Vaste sujet.

Il n'y a même pas besoin de remonter si loin pour trouver moins énergivore que soi. J'ai lu que certains de mes compatriotes n'ont, vacances comprises, jamais dépassé les cent kilomètres au cours de leur vie. C'est peut-être plus parce qu'ils sont pauvres, au sens de l'INSEE, que par militantisme écologique, mais ils relèvent année après année le défi de l'existence locale, au moins sur le terrain de la mobilité.

Le stade ultime de l'éco-attitude est d'arrêter de bouger sans cesse, de triompher de la claustrophobie résidentielle, d'arriver à s'épanouir dans un monde plus petit. J'essaie d'imaginer ma vie dans ces cent kilomètres : acheter local, manger local, m'amuser local, travailler local, voyager local, sociabiliser local, aimer local. Cent kilomètres, c'est une distance qu'on parcourt en un jour ou deux avec des moyens de locomotion non motorisés. Et si cette échelle était celle de la résilience face à l'effondrement qui nous occupe toujours autant à la ferme ?

Ce matin, le foreur continue son trou. L'opération nécessite une énergie phénoménale, et les machines monstrueuses détonnent au milieu de notre jardin en permaculture. Le groupe électrogène, de la taille d'un arrêt de bus, souffle tellement de bars dans le trou que les pierres en remontent dans une grande éruption. Une foreuse de cinq mètres de haut burine l'argile sans relâche. Tout est gros, tout est lourd, tout dévore plein pétrole pour fonctionner. Le gars qui pilote est bâti pour le job : tout en puissance et en masse, la couenne épaisse, dégoulinant d'un mélange de terre et de sueur. Il passe sa vie dans les gros engins, le poids, le vacarme et les superlatifs. Voilà comment on transforme le paysage à l'heure de l'anthropocène.

Le plus troublant, c'est que toute cette brutalité a été déployée sur la base des intuitions paranormales d'un sourcier passé la veille avec sa baguette de noisetier. Après être venu à bout de vingt mètres de terre, le foreur me lance un regard de vaincu. Aujourd'hui, notre violence est vaine, il n'y a pas d'eau. Les tuyaux d'acier sont restés prisonniers de l'argile, le filetage a cédé. Le gars essaie en vain de joindre le sourcier, qui ne décroche pas. Je suis dépassé, je m'habitue progressivement à l'idée que c'est une journée de merde et qu'on a enfoui deux SMIC dans un trou inutile en nous en remettant à un illuminé avec une baguette magique. Le gars remballe toute sa ferraille et son dépit, et disparaît au bout du chemin dans un dernier râle de moteur.

Alors que je sue à grosses perles en fauchant autour de la serre, j'aperçois un mec en train de s'énerver près du trou. Il fait de grands pas avec un objet dans les mains et se tape la tête. Je m'approche. Marcel Lacaze a dans les soixante ans bien tapés, cheveux blancs, nez rougeaud, visage marqué, sandales, short. Il peste : « Putain le con, à chaque fois il me fait le coup ! » Sa colère est intarissable, je n'existe pas. Le foreur n'a pas été assez profond. Il répète plusieurs fois l'opération : il marche vers le trou avec son bâton, l'air possédé, le V pointé vers le ciel. Quand il arrive au trou, sa baguette se met à pointer vers le sol, comme aimantée, et le pauvre Marcel doit grogner d'effort pour résister à l'attraction du bout de bois.

Il répète : « Ah le con, à chaque fois il me fait le coup ! » Sa stratégie est d'être plus outré que moi. Je ne sais pas si le type me fait marcher. Possible qu'il en rajoute un poil. Il m'achève quand il sort son pendule, le brandit au-dessus du trou et compte les tours pour connaître la profondeur à laquelle se trouve l'eau. Vingt-six tours, vingt-six mètres. Hier, il a dit dix-huit. Il précise que c'est approximatif. J'observe. Quand Marcel se calme enfin, je lui demande si je peux essayer sa baguette. Avec tout ce qu'on a raqué, j'ai bien le droit. Il me montre comment la tenir. J'essaie de me connecter à tout ce qu'il y a de plus mystique en moi, jusqu'à sentir quelques frémissements dans le cou. Pas après pas, je tente de capter n'importe quel signal magnétique qui traînerait par là. Mais rien. Sans grande surprise, l'engin ne daigne pas faire une vibration quand j'arrive au-dessus du trou.

On espérait que ce forage nous rende une bonne fois pour toutes autonomes en eau, à la maison et au jardin. On l'avait identifié comme un chantier stratégique pour préparer l'effondrement, un investissement à faire tant qu'il y avait encore assez de pétrole disponible pour effectuer ce genre de travaux. Un hydrogéologue, c'est-à-dire un sourcier avec un diplôme à la place du don, nous a montré des cartes du coin et nous a dit que la nappe où il y avait de l'eau en abondance se trouvait quatre cents mètres sous terre. Il nous reste donc trois cent quatre-vingts mètres de glaise pour atteindre l'autonomie totale en eau.

En matière d'autonomie alimentaire, nous avons progressé depuis que nous nous sommes lancés dans l'élevage pour entretenir les prairies. Le premier jour du deuxième confinement, Mohamed a mis fin aux jours de Corona, le bélier, fils de Guinness, la brebis. C'est le premier mouton qu'on abat. Nous savions que ce fardeau nous attendait au tournant de l'automne parce qu'il n'y aurait pas assez à brouter en hiver.

Mohamed a tué son premier mouton à treize ans, au Soudan. Pour lui c'est la routine. Il a attrapé Corona du premier coup, l'a tranquillement porté vers l'endroit où il avait fait un trou pour le sang, l'a ligoté, couché au sol et a chuchoté la formule de tout musulman qui entreprend quelque chose d'important : « Au nom d'Allah, le Tout Miséricordieux, le Très Miséricordieux. » Le moment le plus difficile est celui qui précède la mort, quand l'animal nous regarde naïvement, plein de jeunesse et de santé. Mohamed tranche sa gorge, la nôtre se noue. Les minutes qui suivent la lame sont glaçantes, le corps perdu se débat, le cœur s'emballe une dernière fois, les nerfs se bandent, la respiration est étouffée par le sang. Les secondes sont interminables. Les fonctions vitales s'éteignent les unes après les autres, la mort prend ses quartiers, les émotions vont decrescendo, les pulsations cardiaques ralentissent. Nous ne sommes pas encore remis de nos émotions que Mohamed commence à tailler un bâton en pointe et perfore la peau au niveau de la patte arrière droite. Il demande à Marc d'aller chercher la pompe à vélo. Surprise générale. C'est pour décoller le cuir du reste, je crains le pire. Quand Lucie se met à pomper, le défunt se gonfle comme une chambre à air et une bulle se forme au bout de son pénis. Un fou rire nerveux succède à la peine. Le reste est un travail de boucher, que Mohamed connaît par cœur, une chorégraphie de couteau qui transforme le mouton en méchoui. Aujourd'hui, c'est lui le patron. Il retire la peau comme un pyjama et la dépose sur l'herbe comme un tapis de salle de bains. J'ai bien peur qu'il me faille apprendre les gestes de mon ami si je veux progresser en autoproduction de nourriture.

Je suis fier de traverser le jardin en cette fin d'octobre. Je regarde toutes les tomates qui pendent encore sous la serre, les concombres de trois mètres qui font toujours des fruits, les choux qui grandissent à vue d'œil, le champ de courges qui se repose après avoir tant produit, les physalis et leurs carillons de petites cages, toute cette nourriture qui pousse. Je suis tenté de me dire que nous n'aurons plus faim, mais je sais qu'il ne faut pas confondre autonomie légumière et autonomie alimentaire. J'ai lu des articles sur le sujet : il y a trois fois plus de calories dans les céréales que dans les légumes, et trois fois plus de calories dans les matières grasses que dans les céréales. Ce qui nous rassasie dans une salade de tomates, c'est le filet d'huile d'olive qu'on met dessus et le pain pour saucer à la fin.

Je sais qu'atteindre l'autonomie alimentaire complète à l'échelle d'une ferme comme la nôtre est illusoire. Nous ne produirons certainement jamais de céréales et d'oléagineux, ni l'intégralité de ce que nous consommons. L'autarcie n'a d'ailleurs jamais été notre but. L'autonomie dont nous rêvons se situerait dans ces cent kilomètres, et peut-être même moins.

Notre grande question est celle de la résilience alimentaire de notre territoire : comment fera-t-on pour se nourrir demain quand le pétrole viendra à manquer, comme le prévoit l'Agence internationale de l'énergie, et que les camions et les produits circuleront moins bien ? On devra composer avec les producteurs autour de chez nous, parce qu'ailleurs ce sera trop loin. Cette contrainte sonnera peut-être le retour de la convivialité des échanges économiques, de ce lien au producteur détruit par la grande distribution mais qui survit sur certains marchés. La résilience alimentaire territoriale dépendra de la préexistence d'une dynamique locale d'échanges, d'amitiés, de relations de bon voisinage, qui pourront déboucher le jour venu sur de l'entraide. Les potes seront aussi stratégiques que le potager.

Après plus de deux ans, je ne connais pas tant de monde, ici. À la ferme, nous recevons éminemment plus de voisins idéologiques que géographiques. Tous les gens qui nous rendent visite pensent comme nous, mais habitent loin, ce qui est franchement sympa mais ne fait pas avancer notre quête de résilience locale.

Quelques tentatives de soulèvement écologiste cantonal ont pourtant été menées. Avant mon arrivée, une association écolo a été créée par les habitants de la ferme et d'autres sympathisants de la cause. Elle a lancé un groupement d'achat, un système d'échange local, relayé des infos, coordonné des manifs et lancé des groupes de parole et de travail. Une des actions récentes a été de proposer aux mairies d'intervenir en conseil municipal pour présenter les risques d'effondrement de la société thermo-industrielle et des pistes d'action au niveau local. Seule une poignée de communes ont accepté de nous recevoir, et leurs réactions ont oscillé entre circonspection et scepticisme. Je me demande encore si c'était une première étape nécessaire ou si nous nous sommes définitivement grillés et qu'on nous prend pour les fous du village.

L'association écolo organise ses réunions une fois par mois à la mairie du chef-lieu. La salle est grande, avec un faux plafond, des néons et des chaises empilables en plastique. Tout le monde apporte à manger, on partage. Il y a souvent du vin pour remplir les gobelets réutilisables, des quiches, des produits fermiers, de bons gâteaux maison et jamais de mauvaises salades à base de maïs en conserve. Les gens sont attentionnés. Les gens, c'est nous, à peu près toujours les mêmes : Marc, Valérie, Damien et sa femme, Philothée, Bernard, un copain, Christine et parfois Christophe, qui habitent toujours dans le coin, et quelques autres, moins réguliers. On culmine à dix les grands soirs, mais on est déjà contents de prendre l'air et de cultiver nos amitiés.

Et puis il faut commencer parce que l'heure tourne. Facilitateur, secrétaire, ordre du jour. Fin de la spontanéité. J'écoute ceux qui parlent le plus, je n'ai rien à ajouter de spécial, pas d'avis tranché à donner. En plus, il faut faire vite parce qu'il y a beaucoup de points et qu'on ne veut pas finir trop tard. Des points un peu chiants, d'ailleurs : mailing lists, relations entre les groupes de travail, clés de la salle, etc. Je trouve ça assez ennuyeux, j'imagine que je ne suis pas complètement le seul. Je ne vois certaines personnes que pendant ces réunions un peu froides, alors que j'aurais besoin qu'on soit d'abord copains. Je me dis qu'il faudrait travailler l'envie, faire des fêtes avant de faire des réunions, écouter Emma Goldman nous dire qu'elle ne participe aux révolutions que si elle peut danser.

Pourtant, j'imagine que pour mener des actions réussies il faut nécessairement passer par des échanges codifiés, se farcir une organisation fastidieuse, que toute action collective qui a brillé dans l'histoire a dû être précédée de réunions soporifiques. J'imagine que les résistants aussi faisaient des AG interminables, que les étudiants de Mai 68, les Gilets jaunes ou les zadistes aussi ont passé des heures à blablater, à écouter les autres sans prendre la parole, à s'impatienter.

Comme dans beaucoup d'associations écologistes locales j'imagine, la sempiternelle question est celle d'intégrer plus de gens à la dynamique, d'être plus nombreux que nous-mêmes. Mais je me demande comment on peut entraîner d'autres gens si on passe vingt minutes à parler des clés de la salle.

Ce soir, pas de réunion associative, on fête la première semaine de désherbage et de corvées bucoliques accomplies avec joie et résilience par Lucie et Ombeline, en woofing à la ferme. On est sortis de notre éco-bulle parce qu'il est bon de changer d'air de temps en temps, si pur soit-il. Le café des Arcades occupe le rez-de-chaussée d'une jolie petite bâtisse en galets donnant sur une jolie petite place avec un monument aux morts et des platanes. La terrasse est idéalement orientée pour le soleil de fin juillet. Le comptoir est dans son jus de formica. Il y a des photos d'équipes de rugby partout, quelques coupes, des écharpes, des guirlandes lumineuses, des maillots. Les télés sont branchées sur une chaîne de sport où une boxeuse qui sort d'un ring donne une interview avec le nez fendu en deux : elle a gagné. Mais il n'y a pas le son, parce qu'on écoute RTL2, c'est-à-dire des pubs, de la soupe et des animateurs qui débitent toujours les mêmes banalités avec un enthousiasme épuisant. On est assez loin de l'éco-ambiance, et tant mieux.

C'est ici que sont les gens. Au bout de quelques tournées, on se met à discuter avec deux gars habillés de survêtements identiques qui nous confient assez vite qu'ils sont sponsorisés par une marque de motocross. Ils sortent leurs téléphones et nous montrent des vidéos de roues avant, de dérapages, ce genre de trucs. Dans ma tête, je me dis qu'ils sont fans de pollution sonore et atmosphérique, mais je pose quelques questions quand même parce qu'ils sont sympas. On discute pain au levain, aussi. Ils me disent qu'ils font des boulots dans l'industrie. Comme on continue de descendre des bières et que l'ambiance est bonne, un des gars demande au patron de monter le son et lance une chenille dans le bar. On décide de se rouler dedans et on s'accroche, morts de rire. On repart pour un tour quand Lucie se fait draguer sans beaucoup de subtilité par un des gars en survêtement.

Avant de m'en aller, je taxe une clope à deux femmes, la trentaine, qui semblent avoir leurs habitudes au café des Arcades. Je leur dis où j'habite, elles en ont entendu parler. Elles pensaient que la ferme était un genre de secte. Je me marre et leur explique que pas du tout. Je les invite à venir aux portes ouvertes un de ces quatre et je leur file mon numéro. Elles ne m'ont jamais recontacté.

En rentrant sur mon vélo, je me dis que c'est avec les passionnés de motocross qu'il faudra créer notre société solidaire, écologique et heureuse. L'idée de se mélanger aux gens du coin, de s'intégrer aux « couleurs locales », figure d'ailleurs dans les dix commandements du néo-rural. La mixité sociale siège haut dans mon système de valeurs de gauchiste qui aspire à faire l'expérience de l'altérité, que le dictionnaire définit comme « la caractéristique de ce qui est autre, de ce qui est extérieur à une réalité de référence ». Je suis convaincu qu'il est salutaire de faire société avec des gens différents pour être vacciné contre les œillères de l'entre-soi. Dans notre charte, il est écrit que la ferme est un lieu ouvert sur l'extérieur, qui commence derrière le portail.

Depuis que nous avons des excédents de salade, j'ai découvert le plaisir d'aller offrir des laitues au voisin. J'enlève les feuilles moins belles sur le chemin, je passe devant son chien attaché, qui n'aboie plus en me voyant, je sonne et tends mon cadeau. Les limaces et la météo sont de bons sujets pour lancer la conversation. Je fais mes premiers pas dans le monde des agriculteurs, tandis que lui y a consacré sa vie. Il cultive par habitude un tout petit potager avec son tracteur. Nous n'avons pas les mêmes pratiques, mais nous partageons la même terre argileuse. Après l'introduction agronomique, on progresse dans les présentations, on s'apprivoise : le jeune néorural de la communauté écolo et l'agriculteur conventionnel à la retraite sur ses terres. Je crois que nous prenons tous les deux plaisir à construire le pont. Il me raconte des anecdotes sur les environs avec son accent et ses petits mots de patois, et je suis toujours curieux et souriant. On est contents de se rapprocher un peu, d'avoir de la considération l'un pour l'autre, de faire société. Quand il passe devant chez nous en voiture, souvent il s'arrête pour donner ou prendre quelques nouvelles. Il n'a jamais acheté de légumes à la ferme du temps où on en vendait, mais il est le premier à nous prévenir quand les canards fuguent.

Je me demande jusqu'où pourrait aller la coopération avec le voisin, mais mon intuition est qu'il faut faire des détours pour tisser les liens préalables à la résilience locale, établir la confiance, se connaître les uns les autres. Quand mon métier d'artiste-auteur a été classé non essentiel par le gouvernement, je me suis demandé quelle activité pourrait favoriser les relations de bon voisinage.

Depuis que je fais du pain, j'aime plonger mes doigts dans la douceur de la farine et respirer l'acidité du levain, pétrir, tâter les pâtons bien dodus et écouter le ronron du four. Je me délecte de l'odeur des pains défournés, des derniers craquements de cuisson et de la moiteur de la mie. Alors, je me suis dit que je pourrais faire du pain pour le village, livrer deux fois par semaine, distribuer des « Bonsoir, vous allez bien ? », dire que la farine est bio, locale, que je livre à vélo et, pourquoi pas, échanger quelques idées par-dessus le portail.

La dernière action de notre association qui a permis d'attirer de nouvelles têtes a été l'organisation du grand débat national. Beaucoup d'entre nous considérions cette vaste consultation mort-née comme une énième hypocrisie du pouvoir pour calmer les Gilets jaunes, mais nous avions choisi d'utiliser ce prétexte pour faire discuter les gens, et ils sont venus. Le mot résilience a été prononcé. Quelles actions concrètes en ont débouché ? Aucune, mais des rencontres ont eu lieu. Cette année, nous avons décidé de saisir la perche du débat national sur la politique agricole commune pour discuter résilience alimentaire avec des agriculteurs, des citoyens et des élus de tous bords, histoire de comprendre leur point de vue.

On s'est dit qu'on éviterait l'éco-prosélytisme et les sujets qui braquent pour avoir une vraie discussion, sincère, qui partirait du principe que tout le monde peut avoir raison. Une discussion où l'on s'écoute. On a longuement discuté sur la meilleure façon de communiquer sur et pendant le débat, comment trouver le ton et les mots justes pour essayer de dégripper sans casser. C'était plus intéressant que de parler des clés. Entre nous, le débat sur la stratégie persiste : est-ce que les petites actions pour faire du lien coûte que coûte sont trop molles face à la gravité de la situation ?

14

J'arrive à sept heures moins dix, Valérie, Damien et Bernard sont déjà là, dans la grande salle du foyer rural avec ses néons blancs, son carrelage et son grand espace aux normes. Ils installent les chaises en plastique, le diaporama est déjà projeté sur le mur, il y a du gel hydroalcoolique sur la table. On s'approche de l'heure, et je ne vois toujours que les têtes connues des organisateurs. Au moment où je me dis qu'on va faire un bide, des voitures finissent par se garer sur le parking devant. Je fonce à la table d'accueil.

– Bienvenue ! Merci d'être là, je prends ton nom, ton prénom et ton numéro de téléphone, c'est pour la pandémie.

– On se tutoie ? me demande un type en chemise.

Il bosse pour la FDSEA, l'antenne départementale du syndicat agricole majoritaire qui défend l'agriculture conventionnelle. Le principal, c'est qu'il soit là.

On approche dangereusement des vingt-cinq personnes, et je n'ai jamais vu un bon tiers des gens. Grâce à l'espacement des chaises, on dirait qu'il y a du monde. Mes échanges avec des agriculteurs conventionnels se comptent sur les doigts de la main. Ils sont plusieurs ce soir ; la diversité recherchée est là. Un jeune céréalier concède qu'il faut changer, mais il dit qu'il n'a pas le choix, que les gens ne sont pas prêts à consacrer plus de 10 % de leurs revenus à leur alimentation, et que pour produire si peu cher il faut des pesticides, du labour et des intrants. Il fait du mieux qu'il peut pour préserver sa terre, mais il dit qu'il faut être réaliste et qu'il aime son métier comme il est.

Quand on soulève la question de la fin du pétrole, un tiers des gens disent qu'on trouvera une solution, le génie humain a toujours trouvé. On s'adaptera quand on n'aura plus le choix. Les feuilles se remplissent avec des vœux pieux qui mettent tout le monde d'accord : revenir à une agriculture plus familiale, à des circuits courts, à des fermes plus petites, former plus de main-d'œuvre, diversifier, relocaliser, mieux répartir la valeur, réhumaniser l'agriculture… On veut tous un peu la même chose, dans le fond.

Nous ne nous faisons pas d'illusions sur l'utilité d'envoyer le compte rendu du débat au ministère de l'Agriculture, mais localement l'action n'a pas été vaine. Nous avons soufflé sur les braises du débat démocratique cantonal, et quelques lueurs incandescentes sont apparues. Nous avons exprimé nos opinions, écouté, fait connaissance, parlé de se revoir, et c'est déjà bien.

SMS de Mohamed. Il a passé une nuit au poste le week-end dernier, à la suite d'un contrôle d'identité. Il me l'écrit sur le ton de l'anecdote, me dit que sinon ça va, qu'il est à la ferme… Je panique direct. J'appelle Léa. Marc prend une photo de ses papiers. Les policiers lui ont fait signer des documents sans rien lui expliquer : une obligation de quitter le territoire sans délai et une assignation à résidence. Le délai de recours de quarante-huit heures est expiré. Mohamed n'est pas allé pointer au commissariat comme il aurait dû. La situation est merdique, il s'est dangereusement rapproché de la case centre de rétention administrative et expulsion forcée vers le Soudan, où le comité d'accueil promet d'être mauvais.

Léa passe plein de coups de fil. Il y a peut-être une possibilité de contester la notification, mais c'est compromis. Il faut monter un dossier en vitesse. L'avocate nous conseille de collecter des attestations auprès des personnes qui connaissent Mohamed, pour montrer qu'il est intégré et honnête. On envoie un mail à tous les gens auxquels on pense en marquant urgent en objet. Il est vingt-trois heures quarante. Une heure plus tard, Valentin et Élodie m'envoient leurs attestations. Ils nous remercient. Le lendemain, les attestations et les pièces d'identité pleuvent sur ma boîte mail. Tout le monde se mobilise : les copains de l'association, les anciens de la ferme, Christine et Christophe, Valérie, les copains du coin, Damien, Philothée, les woofeurs passés par la ferme, les professeurs de français de Mohamed, ma famille, chacun raconte son anecdote, avec ses mots.

Valérie se mobilise sur place, elle accompagne Mohamed chez l'avocate, elle rassemble ses papiers et réunit un groupe pour aller soutenir Mohamed à l'audience du tribunal administratif. Elle fait tout ce qu'elle peut. L'issue du recours est incertaine, les attestations comptent peu pour la machine administrative. Il faut attendre, comme toujours, mais cette solidarité me touche profondément. Je repense aux réunions de l'association et je réalise l'importance du lien qu'elles tissent.

Malgré tous nos espoirs, la juge a rejeté le recours. Le jugement fait neuf pages, en un mot il dit « non, nous ne reconnaissons pas à cet homme le droit d'exister ». Tout le baratin judiciaire qu'elle a pu coller dans ces neuf pages ne camoufle pas l'injustice honteuse. L'avocate dit que les recours passent de moins en moins depuis dix ans qu'elle exerce. La politique se durcit. Le droit des étrangers a encore reculé sous Macron. C'est dans ces moments-là qu'on mesure la violence d'État, et notre impuissance. J'aimerais que tous ces gratte-papier passent une année au Darfour avant de décider froidement du renvoi vers l'enfer de ceux qui ont risqué leur vie pour le fuir. La seule faute de Mohamed est de ne pas être né sur le bon sol. Maintenant plus que jamais, il doit éviter la police, nous devons le cacher. France, 2021.

À la ferme, le casting pour la saison trois est en bonne voie. Brice occupe la chambre au-dessus de la mienne. Il est le plus jeune d'entre nous, vingt-trois ans, fan de dub et de murs de son, un tatouage rasta sur l'épaule. Il a travaillé aux objets trouvés du réseau Transports Bordeaux Métropole et dans l'aide à la personne. Il aimait bien jouer au scrabble avec des petites vieilles qui perdaient la tête et lui faisaient des crêpes. Brice a une solide culture internet. À table, il a toujours une anecdote ou un chiffre à balancer sur n'importe quel sujet. Il a une certaine fascination pour Elon Musk, et pourtant il est convaincu que l'effondrement est inéluctable et qu'*a priori* la technologie ne nous sauvera pas.

Raphaël va tous les mardis soir chercher six litres de lait frais à la voisine pour faire des yaourts. Il a pris une chambre à la ferme pour quelques mois. Il est éducateur spécialisé, voyageur, et il tente des nouvelles recettes de gâteaux sans jamais être complètement satisfait du résultat alors que tout le monde se régale. En réunion, il est sérieux. Il ne transige pas sur le ménage. Il aime bien quand c'est carré, et dit souvent « Je veux bien, mais il y a un minimum ». Derrière ses airs rigoureux, il adore rigoler, et c'est à lui que je sors le plus de conneries.

On frôlait la coloc entre hommes et ses limites quand Christiane a embarqué : soixante-deux ans de douceur et de non-violence. Elle a passé trois ans de sa vie dans un monastère bouddhiste vietnamo-lot-et-garonnais, oscillant entre méditation zen et corvées de secrétariat. À la ferme, elle commence ses journées par un do-in, une pratique d'automassage qu'elle partage chaleureusement avec tous les matinaux qui veulent réaligner leurs chakras. Depuis que Christiane nous a dit qu'elle aimait bien le pain moulé, je lui fais son petit pain à chaque fournée. Elle est devenue référente basse-cour, et c'est une bénédiction pour les gallinacés : le poulailler est nettoyé plusieurs fois par semaine, leur ration de grain a augmenté et leur représentante syndicale fait la chasse aux croûtes de fromage en fin de repas.

Après une première couvée où plusieurs négligences nous ont fait perdre dix poussins sur douze, Silvère est revenu quelques semaines à la ferme et a bricolé une volière haute sécurité avec grillage enterré. Les douze nouveaux poussins y vivent une jeunesse dorée et insouciante. J'étais content de revoir Silvère. Il s'est baladé à la ZAD de Notre-Dame-des-Landes et dans d'autres collectifs, et finalement il semble décidé à s'installer chez nous. Il s'est mis à faire du fromage avec le lait de la voisine, et il a déjà pensé à tout un tas de projets qu'il pourrait développer à la ferme. Le soir, on traîne souvent après le repas, on se réchauffe les reins contre les briques du poêle et on continue à discuter. On s'est passionnés pour quelques jeux, et on sort les cartes plusieurs soirs par semaine. On n'a pas encore converti Marc, qui passe en souriant dans la salle à manger pour aller prendre sa douche, mais tous les autres sont autour de la grande table : Brice, Raph, Christiane, Mohamed, les woofeurs, les amis, les amants. Il fait bon vivre.

La dernière fête à la ferme date de mon anniversaire. J'ai religieusement respecté la coutume qui veut qu'on marque le coup des décennies. On s'y est pris plusieurs jours à l'avance. Mon beau-père, que je pensais allergique à la ferme, est venu m'aider pour transformer l'étage d'une grange poussiéreuse en salle de réception, bar et discothèque. Mohamed a donné un bon coup de main aussi. La maison s'est remplie, et j'étais comme un gosse de voir tous ces gens débarquer et les vieilles enceintes cracher toute cette musique entre les murs de la ferme. Des copains sont venus de loin et ont posé leurs sacs pour quelques jours. Il y avait aussi une bonne dizaine de gens du coin le soir de la fête, les voisins, les anciens, les woofeurs qui revenaient faire un petit pèlerinage, les habitants, mon oncle et ma tante, ma cousine, mes frères, mes parents, Léa. Tous ces gens incarnaient les différentes périodes de ma vie, et j'étais ému de voir tous les morceaux du puzzle danser les uns à côté des autres.

Ma mère était arrivée au dernier moment, parce que mon autre grand-mère, Rose, était en train de se faner sur le lit de son EPHAD. Elle n'avait rien avalé d'autre que du glucose par intraveineuse depuis plusieurs semaines. Sa liberté, sa conscience et l'amplitude de sa vie s'amenuisaient de jour en jour. Je buvais et je dansais pour elle. Son départ prochain me rappelait l'urgence de croquer la vie à pleines dents, de profiter de cette chance qu'elle avait donnée à ma mère et que ma mère m'avait donnée. La soirée ouvrait un boulevard pour les réflexions généalogiques. Mes deux géniteurs étaient réunis dans la même pièce, ce qui est rare, et j'approchais dangereusement de l'âge où ils avaient reçu leur livret de famille.

La question des enfants fait débat chez les écolos. Il y a ceux qui disent qu'on est bien assez nombreux et que la chute de la natalité est une bénédiction pour la biodiversité. Étant donné le bourbier que ça va bientôt être sur terre, certains pensent qu'il faut limiter l'effectif des générations futures, promises à beaucoup de souffrance. De l'autre côté, il y a les combattants, qui disent que s'il n'y a que les gens de droite qui font des mômes le monde ne va pas être très sympa, et donc qu'il faut accoucher de la relève. Je ne sais pas. Je me demande si avoir des enfants se compte uniquement en sacrifices, si dès qu'on devient parent on renonce à sa liberté, si on vieillit d'un coup, rattrapé par les responsabilités. Je me demande si on doit abandonner ses rêves, ses ambitions, ses combats pour se consacrer principalement à la génération suivante. Je suis à deux pintes de réfléchir au sens de l'existence, et à ce moment-là je serai à un gin-tonic de me dire qu'avoir des enfants est un des sens les plus universels que les gens donnent à leur vie. Je regarde les gens qui dansent, ceux qui parlent. J'ai deux amis de Mauritanie qui discutent dans un coin de la salle avec un bébé dans les bras. Ils n'ont pas l'air d'avoir vieilli ou renoncé à quoi que ce soit. Ils ont l'air heureux, ils rayonnent. Le buste de leur petite fait la taille de ma main. Elle s'est endormie. Elle s'appelle Suzanne.

15

Plaine de la Poudge. Un grand chêne, rescapé de la guerre aux haies et des politiques de remembrement, se dresse seul au milieu des monocultures de maïs. Il sert de refuge à toute la faune et toute la flore qui habitaient ce désert avant que ça n'en soit un. Autour, rien ne dépasse, tout est ratiboisé, inerte. C'est le champ de bataille de la guerre au vivant. Les parcelles sont tellement grandes et rases que l'œil s'y perd. Sur les coteaux, des bois subsistent, vivants, habités, naturels, le contraste est net. La frise des Pyrénées découpe l'horizon.

Je vais chercher Léa à l'aire de covoiturage. Le moteur répond à mon pied droit avec une docilité déconcertante. Juste quelques gouttes de gasoil, aucun effort, et voilà que tout cet amas de sièges, de verre, de ferraille, de plastique et de moi file à quatre-vingts à l'heure sur la langue de bitume. Les bagnoles ne m'excitent plus. Fini le temps où je trouvais ça marrant de piloter un engin dix fois plus rapide que moi. Maintenant, quand je conduis, je me sens comme un zombie de plus dans sa boîte à roulette, un fumeur de trop dans un fumoir saturé. Léa est venue en train et en voiture, nucléaire et pétrole, radioactivité et dioxyde de carbone. Notre amour est sponsorisé par Areva et Total. J'imagine l'uranium extrait d'une carrière au Niger, transporté, enrichi et transformé à grand renfort de chimie, transporté encore jusqu'aux piscines abyssales d'une centrale nucléaire pour fournir l'électricité nécessaire aux caténaires du Paris-Bordeaux. Et les déchets.

Jusqu'à maintenant, j'ai toujours décrié les relations à distance, que j'associais à une succession d'adieux déchirants, à une lente agonie due au manque, fidèle à cette vision romantique, prête à porter, du couple qui, sous le même toit, vit le seul amour fusionnel qui existe. Mais il n'y a pas de règle, comme d'habitude. Avec Léa, l'intermittence ne nous va pas si mal. On mène nos vies, elle en ville, au tribunal, et moi à la ferme. Se retrouver est une fête, un événement qui accélère le rythme cardiaque. Je me gare, j'éteins le moteur. Ce qui nous use, c'est cette distance qu'il faut franchir pour se voir.

Quand une partie de notre vie est ailleurs, on ne peut pas pleinement s'enraciner, s'engager, s'investir quelque part, parce que la distance capture notre temps libre. Quand j'ai du temps, je monte la voir, et inversement. C'est pour cette raison que je n'ai toujours pas commencé à faire du pain et qu'elle n'arrive pas à s'investir dans une association. Il faudrait qu'on relocalise notre amour.

Une voiture entre sur l'aire, une portière s'ouvre. Elle marche vers moi avec ses bottines, sa jupe, son sourire rouge orangé et ses jolis yeux verts, enfin. Je sais que Léa n'aime pas le paysage des étendues de maïs industriel qu'on traverse en sens inverse, moi non plus. Elle préférerait que j'habite un joli petit hameau de maisons charmantes entouré de nature sauvage où on arriverait à vélo par un petit pont en pierre sous un soleil radieux. Mais la campagne française, ce n'est pas ça.

Elle me dit qu'elle est préoccupée, qu'il faut qu'on parle, et je sais de quoi il s'agit. Je sais aussi ce qui m'attend à la fin de la discussion. Léa doit faire des choix d'affectation pour changer de tribunal, pour qu'on se rapproche, parce qu'on en a marre de la voiture et de la vie bipolaire, mais elle ne veut pas s'installer à la ferme. Les raisons, elle me les a déjà dites, je les connais. Elle trouve que la ferme est mal desservie par les transports en commun, n'a pas le coup de foudre pour les champs de maïs, trouve que la configuration de la ferme n'offre pas assez d'intimité et se sent chez Marc, qui dans les faits est le fondateur et le propriétaire principal. Même si elle nuance en énumérant tout ce qui l'inspire ici, elle n'a pas choisi cet endroit, c'était juste dans le lot avec moi. Elle aimerait qu'on fasse un projet ensemble, un projet à nous. Je peux argumenter, essayer de lui dire que l'endroit idéal n'existe pas, mais c'est son avis et je le respecte.

Si on veut rester ensemble et se rapprocher, il n'y a pas cent cinquante solutions. Même si elle ne me le demandera jamais, le seul moyen, c'est que je quitte la ferme et qu'on s'installe ailleurs. À quelques centaines de mètres, il y a cette putain de bifurcation qui me nargue et qui se rapproche chaque jour. Les deux panneaux apparaissent de plus en plus clairement : dans une direction, Léa, dans l'autre, la ferme.

Je n'ai pas envie de partir de la ferme. Je ne veux pas faire table rase une fois de plus pour recommencer de zéro. Ça ne m'excite plus tellement, ces trucs-là. J'ai envie de faire du pain pour le village, de recevoir des gens, d'organiser plus de fêtes, de faire briller cette ferme et de progresser vers l'autonomie, la résilience alimentaire de notre canton, parce que je crois profondément à ce qu'on fait. Je laisserais bien pousser mes petites racines dans ce coin de France au lieu de les arracher encore. Tout n'est pas parfait dans cette ferme, mais la vie est belle, on fait des choses sensées, on vit des moments riches, on voit du monde et on voit les Pyrénées. L'autre soir, on a regardé *37°2 le matin,* l'adaptation de ce grand bouquin de Philippe Djian. Je me suis un peu senti comme le personnage principal au début. Il est content d'avoir une véranda face à la mer avec sa nana et de pouvoir baiser quand ils veulent. Il ne se complique pas trop la vie. Il y a des gens qui s'accommodent de leur sort, et je me dis que ce n'est pas forcément une faiblesse ou une mauvaise chose de ne pas avoir une ambition de requin-marteau. C'est peut-être même un raccourci vers le bonheur. Sans le vouloir, Léa me met face à une question que j'aimerais éviter de me poser : est-ce que j'aime assez cette fille pour tout plaquer ici et refaire ma vie ailleurs ? C'est vraiment une foutue question. Je n'en veux pas à Léa, je suis juste déçu que les choses soient toujours compliquées, qu'on doive toujours faire tous ces choix et qu'on ne puisse pas simplement vivre peinards.

La dernière fois que je suis allé voir mes parents, on a passé deux bonnes heures à parler de la ferme. Ils trouvaient que, quand même, ce n'était pas un lieu assez chaleureux et que ce n'était pas généralisable, pas viable, que tout le monde vive comme nous, dans la même maison, et que l'ambiance était un peu froide... À chaque fois, ça me fout les boules que les gens dénigrent ma ferme. J'ai l'impression qu'on essuie des critiques parce qu'on fait différemment. Peut-être que la ferme interpelle et que les autres se sentent le besoin de relativiser, de disqualifier pour se rassurer et justifier leurs choix.

Puis la conversation a dérivé sur Marc. Les trucs classiques : on sent bien que c'est chez lui, que c'est son projet, il n'est pas très chaleureux, pas très bavard. J'ai souvent l'impression qu'on lui reproche d'être un chef et en même temps de ne pas être un chef charismatique. Comme si les gens avaient besoin de chefs charismatiques et de sujets, d'hommes providentiels et d'électeurs, d'ayatollahs et de fidèles. Ce n'est pas évident de sortir de ce schéma. Je crois que Marc est un type qui dérange parce que, malgré sa timidité, il va plus loin que les autres dans l'application de ses principes, parce qu'il est d'une droiture morale supérieure à la moyenne et parce que, même s'il ne fait pas de câlins et qu'il est légèrement asocial, il est dans les faits bien plus généreux et altruiste que pas mal de gens. Si je vis cette autre vie à la ferme, c'est en grande partie grâce à Marc, à sa thune et à son travail. Si Mohamed a des bulletins de salaire qui lui permettront peut-être un jour de sortir de tout ce merdier administratif, c'est grâce à Marc. Si nous produisons notre propre électricité, si la maison se chauffe toute seule, si nous buvons l'eau du puits, c'est grâce à Marc. Je lui dois une grande partie de ce qui rend ma vie écologiquement soutenable et cohérente aujourd'hui, et je trouve qu'il a souvent plus de courage que ses détracteurs.

Au fond de moi, je me dis que partir, c'est être lâche, déloyal. Si je pars, je suis comme tous ceux qui ne sont pas restés, qui ont préféré écouter leur égoïsme individuel. Je suis devenu un des piliers de cette ferme et je sais que mon départ la fragilisera, alors que j'ai envie qu'elle vive pour continuer à inspirer, à défier la folle marche du monde, à résister. Il faut des gens pour faire vivre les écolieux. Ce mode de vie a le vent en poupe, mais les collectifs ont besoin de monde pour hisser les voiles. Qu'adviendra-t-il de la ferme quand Marc sera vieux ? Il faut que des gens restent pour entretenir le feu du poêle. Il est là, l'engagement.

Si je reste à la ferme, adieu Léa. Tragédie grecque. Je ne veux pas quitter Léa. Elle est responsable de tellement de jours de beau temps depuis deux ans. Deux ans. Record pulvérisé. Il est enterré le temps des records où pour vivre pleinement et être viril il fallait péniblement tenter de multiplier les partenaires sexuelles, séduire, baiser et se remettre à la poursuite du mirage de la nouveauté. Je ne sais pas si je vais devenir ce gars qui en soirée balance « On ne couche pas de la même façon au bout de cinq ans » avec l'air d'avoir percé le mystère de la vie, mais je me rends bien compte que ce que nous vivons est précieux, et qu'y mettre fin serait un beau gâchis. C'est une fille bien, douce et pleine d'un caractère bien trempé d'humanité. Je suis convaincu que son atterrissage dans ma vie est une des meilleures choses qui me soient arrivées. Je sens qu'on pourrait faire un bout de chemin, tous les deux. J'ai l'impression d'être en famille avec elle, et parfois ça me donne le vertige.

J'ai tapé sur le gong une bonne fois pour toutes. J'ai dit à Léa qu'on chercherait un endroit où il y ait de la place pour nos envies à tous les deux. Je ne l'ai pas encore annoncé à la ferme. Je me sers de cette page, qui sera reproduite des milliers de fois par les gros rouleaux d'une imprimerie, pour sceller le destin et terrasser le dilemme. Oui Marc, finalement, moi aussi je vais quitter la ferme.

Affranchi de mes engagements, du potager, des réunions, je pourrais repartir loin et libre, répondre à l'appel du voyage pour me livrer encore à des réflexions existentielles… Mais je ne suis plus perdu, je ne suis plus pétri de doutes, je sais ce que je veux. Si je pars, c'est pour continuer ailleurs ce que j'ai commencé dans cette ferme. J'ai dit à Léa que je voulais jeter l'ancre au prochain endroit où on irait parce que j'ai une envie croissante de sédentarité et d'enracinement. Je préfère bien connaître un pays et m'y sentir légitime plutôt que d'en survoler cent.

Ce que nous cherchons, c'est un coin de France joli et délaissé, où le changement climatique ne sera pas trop brutal, où les étés ne seront pas trop secs, où nous pourrions trouver un collectif altermondialiste et joyeux dans un endroit charmant accessible depuis un tribunal sans utiliser de voiture. Tant qu'à rêver, nous pensons à un collectif où chacun aurait sa porte, sa cuisine, et pourrait faire l'amour sans déranger. Un espace privé, mais aussi des communs : un atelier, un potager, une grande table en bois massif pour recevoir des amis, des woofeurs, offrir un refuge. Peut-être moins de collectif qu'à la ferme, mais pas moins d'ambition écologique. Le beurre et l'argent du beurre, le leurre ? Nous rêvons d'un village où les gens ne fassent pas que dormir, d'un marché de producteurs, d'un café associatif, de guirlandes de guinguette flottant dans le ciel étoilé d'une petite place où les gens dansent sur un air d'accordéon. Le cliché. Est-ce que chercher l'endroit parfait ne revient pas à consommer du territoire, aux antipodes de l'engagement que nous souhaitons et qui consisterait plutôt à essayer de faire la révolution là où elle n'a pas encore eu lieu ?

Où que nous allions, ce sera deux tonnes au maximum par an. Deux tonnes, c'est la quantité de dioxyde de carbone à ne pas dépasser si on veut avoir un mode de vie soutenable. Deux tonnes, c'est le seuil de soutenabilité en dessous duquel on peut se dire qu'on n'est pas en train de casser la baraque, de vider la baignoire plus vite qu'elle ne se remplit. Pour m'y tenir depuis trois ans, je sais qu'on n'a pas moins de chances d'être heureux en respectant notre environnement et ses limites. Mon temps annuel de rire n'a pas baissé depuis que je ne prends plus l'avion. Elon Musk et Robert Dupré, agent des espaces verts de la commune de Saint-Yrieix-la-Perche, passeront globalement par les mêmes émotions au cours de leur vie, par les mêmes euphories, par les mêmes peines. Ils ont, et c'est là qu'il y a une justice, strictement les mêmes chances de faire l'expérience du bonheur, parce que tout est invariablement relatif. En revanche, leurs modes de vie ont un impact bien réel sur notre bonne terre. La destruction à laquelle se livre le premier pour vivre dans une opulence vulgaire et pathologique ne lui confère pas la moindre longueur d'avance dans la course au bonheur. Si le respect du maximum de deux tonnes s'imposait aux humains comme la gravité ou le théorème de Pythagore, on s'y adapterait et on n'y penserait plus. Si les avions et les entrepôts d'Amazon disparaissaient, on s'en remettrait assez vite. Tant qu'on pourrait entretenir des liens sociaux, on continuerait d'être heureux.

Ça, tout le monde le sait, et pourtant l'écocide continue, s'accélère. Je me demande toujours ce qu'on peut faire. Fortement réduire sa participation à l'absurdité et proposer autre chose, c'est ce que j'essaie depuis trois ans. Cela fait un bien fou et c'est indispensable de proposer autre chose, d'inventer une autre histoire, une autre définition de la vie. Indispensable, mais pas suffisant. Les expérimentations comme la ferme ne suffiront pas à renverser la vapeur, ni même à la réduire. Tout le monde n'ira pas spontanément vers la sobriété, la majorité d'entre nous ne veut pas réduire son confort, limiter ses besoins ou les faire dans des toilettes sèches.

Beaucoup confient le destin du monde aux politiques, décideurs et bergers du troupeau, qui auraient le pouvoir de faire changer les choses à grande échelle. Ils attendent que, de raison, Louis XVI abolisse la monarchie. Mais l'oligarchie au pouvoir travaille chaque jour à maintenir une société qui sert ses intérêts. L'idée qu'il suffirait de lui ouvrir les yeux est au mieux naïve, au pire malhonnête. Je crois qu'il faut être pragmatique : continuer à militer dans les espaces politiques classiques parce qu'ils existent, se présenter aux élections communales, mais être conscient des limites et de l'inertie du système représentatif. Pour peser dans le rapport de force, seul moteur du changement, je pense qu'il faut aussi saboter cette machine qui nous sabote.

Je crois que la quête de sens qui remue ma génération est une quête de beauté. On ne devrait jamais laisser personne nous dire ce qui est beau, mais chercher la définition par nous-mêmes.

Si demain nous trouvions la fameuse solution technologique qui nous permettrait de continuer comme si de rien n'était, je ne me réjouirais pas. Transformer notre planète comme nous le faisons, en réduisant jour après jour sa diversité et ce qu'elle a de sauvage, nous éloigne de la beauté que je recherche.

Les jours raccourcissent. À dix-huit heures à peine, les rayons irisés caressent le manteau de cumulus qui s'épaissit. L'ombre a conquis la face sud-est du cirque de Lescun depuis une heure déjà, et elle grimpe progressivement sur le versant qui nous fait face. La marche a été longue depuis en bas. Les raquettes traînent à côté de la porte, elles n'ont pas encore servi. Les chaussettes pendent au-dessus du poêle. Le feu crépite, nous parlons peu. Notre couchage est installé. Nous sommes assis face à la vieille fenêtre de la cabane avec ses montants en métal. Nos fourchettes plongent dans les pâtes au pesto de basilic du jardin, c'est un délice. Éclairés par les derniers lueurs du jour, les premiers flocons commencent à recouvrir la montagne.

Remerciements

Je remercie en premier lieu les copains de la ferme et mes proches, qui acceptent depuis longtemps que je les écrive, que je les enregistre, que je les photographie et que je porte sur eux un regard que j'espère juste.

Il va sans dire que je leur dois la matière de ce livre ainsi que beaucoup de réflexions qui m'habitent aujourd'hui.

Je remercie celle et ceux qui m'ont aidé par leurs relectures attentives, intelligentes et sincères.

Je remercie celle qui en plus de tout ça m'apporte son soutien précieux.

Je remercie enfin mon éditrice pour sa confiance, son écoute et son exigence.

Tana S'ENGAGE

TANA est un éditeur qui s'engage pour la préservation de l'environnement et qui utilise du papier issu de forêts bien gérées certifiées FSC® et d'autres sources contrôlées.

Ce livre a été imprimé en France par un imprimeur certifié Imprim'Vert® avec des encres végétales. La couverture ne comprend pas de pelliculage contenant du plastique.

Illustration de couverture : Paul Sirand
Conception de couverture : Revue Zola

92, avenue de France
75013 Paris

ISBN : 979-10-301-0380-9
Dépôt légal : mai 2021
Imprimé en France par Normandie Roto Impression s.a.s. (2101261)

Rejoignez-nous sur :
www.tana.fr

FSC
www.fsc.org
MIXTE
Papier issu de sources responsables
FSC® C003309